D0948091

Georges Simenon, écrivain belge de langue française, est né à Liège en 1903. Il décide très jeune d'écrire. Il a seize ans lorsqu'il devient journaliste à *La Gazette de Liège*, d'abord chargé des faits divers puis des billets d'humeur consacrés aux rumeurs de sa ville. Son premier roman, signé du pseudonyme de Georges Sim, paraît en 1921 : *Au pont des Arches, petite histoire liégeoise*. En 1922, il s'installe à Paris avec son épouse peintre Régine Renchon, et apprend alors son métier en écrivant des contes et des romans-feuilletons dans tous les genres : policier, érotique, mélo, etc. Près de deux cents romans parus entre 1923 et 1933, un bon millier de contes, et de très nombreux articles...

En 1929, Simenon rédige son premier Maigret qui a pour titre : *Pietr le Letton*. Lancé par les éditions Fayard en 1931, le commissaire Maigret devient vite un personnage très populaire. Simenon écrira en tout soixante-douze aventures de Maigret (ainsi que plusieurs recueils de nouvelles) jusqu'à *Maigret et Monsieur Charles*, en 1972.

Peu de temps après, Simenon commence à écrire ce qu'il appellera ses « romans-romans » ou ses « romans durs » : plus de cent dix titres, du *Relais d'Alsace* paru en 1931 aux *Innocents*, en 1972, en passant par ses ouvrages les plus connus : *La Maison du canal* (1933), *L'Homme qui regardait passer les trains* (1938), *Le Bourgmestre de Furnes* (1939), *Les Inconnus dans la maison* (1940), *Trois Chambres à Manhattan* (1946), *Lettre à mon juge* (1947), *La neige était sale* (1948), *Les Anneaux de Bicêtre* (1963), etc. Parallèlement à cette activité littéraire foisonnante, il voyage beaucoup, quitte Paris, s'installe dans les Charentes, puis en Vendée pendant la Seconde Guerre mondiale. En 1945, il quitte l'Europe et vivra aux Etats-Unis pendant dix ans ; il y épouse Denyse Ouimet. Il regagne ensuite la France et s'installe définitivement en Suisse. En 1972, il décide de cesser d'écrire. Muni d'un magnétophone, il se consacre alors à ses vingt-deux *Dictées*, puis, après le suicide de sa fille Marie-Jo, rédige ses gigantesques *Mémoires intimes* (1981).

Simenon s'est éteint à Lausanne en 1989. Beaucoup de ses romans ont été adaptés au cinéma et à la télévision.

GEORGES SIMENON

Les Mémoires de Maigret

PRESSES DE LA CITÉ

1

*Où je ne suis pas fâché de l'occasion qui se
présente de m'expliquer enfin sur mes accoin-
tances avec le nommé Simenon*

C'était en 1927 ou 1928. Je n'ai pas la
mémoire des dates et je ne suis pas de ceux qui
gardent soigneusement des traces écrites de
leurs faits et gestes, chose fréquente dans
notre métier, qui s'est avérée fort utile à
quelques-uns et même parfois profitable. Et ce
n'est que tout récemment que je me suis sou-
venu des cahiers où ma femme, longtemps à
mon insu, voire en cachette, a collé les articles
de journaux qui me concernaient.

A cause d'une certaine affaire qui nous a
donné du mal cette année-là je pourrais sans
doute retrouver la date exacte, mais je n'ai pas
le courage d'aller feuilleter les cahiers.

Peu importe. Mes souvenirs, par ailleurs,
sont précis quant au temps qu'il faisait. C'était
une quelconque journée du début de l'hiver,
une de ces journées sans couleur, en gris et

blanc, que j'ai envie d'appeler une journée administrative, parce qu'on a l'impression qu'il ne peut rien se passer d'intéressant dans une atmosphère aussi terne et qu'on a envie, au bureau, par ennui, de mettre à jour des dossiers, d'en finir avec des rapports qui traînent depuis longtemps, d'expédier farouchement, mais sans entrain, de la besogne courante.

Si j'insiste sur cette grisaille dénuée de relief, ce n'est pas par goût du pittoresque, mais pour montrer combien l'événement, en lui-même, a été banal, noyé dans les menus faits et gestes d'une journée banale.

Il était environ dix heures du matin. Le rapport était fini depuis près d'une demi-heure, car il avait été court.

Le public le moins averti sait maintenant plus ou moins en quoi consiste le rapport à la Police Judiciaire, mais, à cette époque-là, la plupart des Parisiens auraient été en peine de dire quelle administration était logée quai des Orfèvres.

Sur le coup de neuf heures donc, une sonnerie appelle les différents chefs de service dans le grand bureau du directeur, dont les fenêtres donnent sur la Seine. La réunion n'a rien de prestigieux. On s'y rend en fumant sa pipe ou sa cigarette, la plupart du temps un dossier sous le bras. La journée n'a pas encore embrayé et garde pour les uns et les autres un vague relent de café au lait et de croissants. On se serre la main. On bavarde, au ralenti, en attendant que tout le monde soit là.

Puis chacun, à son tour, met le patron au courant des événements qui se sont produits dans son secteur. Certains restent debout, parfois à la fenêtre, à regarder les autobus et les taxis passer sur le pont Saint-Michel.

Contrairement à ce que le public se figure, on n'entend pas parler que de criminels.

— Comment va votre fille, Priollet ? Sa rougeole ?

Je me souviens avoir entendu détailler avec compétence des recettes de cuisine.

Il est question de choses plus sérieuses aussi, évidemment, par exemple du fils d'un député ou d'un ministre qui a fait des bêtises, qui continue à les accumuler comme à plaisir et qu'il est urgent de ramener à la raison sans esclandre. Ou bien d'un riche étranger récemment descendu dans un palace des Champs-Elysées et dont le gouvernement commence à s'inquiéter. D'une petite fille ramassée quelques jours plus tôt dans la rue et qu'aucun parent ne réclame, encore que tous les journaux aient publié sa photographie.

On est entre gens du métier, et les événements sont envisagés du strict point de vue du métier, sans paroles inutiles, de sorte que tout devient fort simple. C'est en quelque sorte du quotidien.

— Alors, Maigret, vous n'avez pas encore arrêté votre Polonais de la rue de Birague ?

Je m'empresse de déclarer que je n'ai rien contre les Polonais. S'il m'arrive d'en parler assez souvent, ce n'est pas non plus qu'il s'agisse d'un peuple particulièrement féroce ou perverti. Le fait est simplement qu'à cette époque la France, manquant de main-d'œuvre, importait les Polonais par milliers pour les installer dans les mines du Nord. Dans leur pays, on les ramassait au petit bonheur, par villages entiers, hommes, femmes et enfants, on les entassait dans des trains un peu comme, à d'autres époques, on recrutait la main-d'œuvre noire.

La plupart ont fourni des travailleurs de premier ordre, beaucoup sont devenus des citoyens honorables. Il n'y en a pas moins eu du déchet, comme il fallait s'y attendre, et ce déchet, pendant un temps, nous a donné du fil à retordre.

J'essaie, en parlant ainsi, d'une façon un peu décousue, de mes préoccupations du moment, de mettre le lecteur dans l'ambiance.

— J'aimerais, patron, le faire filer pendant deux ou trois jours encore. Jusqu'ici, il ne nous a menés nulle part. Il finira bien par rencontrer des complices.

— Le ministre s'impatiente, à cause des journaux...

Toujours les journaux ! Et toujours, en haut

lieu, la peur des journaux, de l'opinion publique. Un crime est à peine commis qu'on nous enjoint de trouver tout de suite un coupable coûte que coûte.

C'est tout juste si on ne nous dit pas après quelques jours :

— Fourrez quelqu'un en boîte, n'importe qui, en attendant, pour calmer l'opinion.

J'y reviendrai probablement. Ce n'était d'ailleurs pas du Polonais qu'il s'agissait ce matin-là, mais d'un vol qui venait d'être commis selon une technique nouvelle, ce qui est rare.

Trois jours plus tôt, boulevard Saint-Denis, en plein midi, alors que la plupart des magasins venaient de fermer leurs portes pour le déjeuner, un camion s'était arrêté en face d'une petite bijouterie. Des hommes avaient débarqué une énorme caisse, qu'ils avaient posée tout contre la porte, et étaient repartis avec le camion.

Des centaines de gens étaient passés devant cette caisse sans s'étonner. Le bijoutier, lui, en revenant du restaurant où il avait cassé la croûte, avait froncé les sourcils.

Et, quand il avait écarté la caisse, devenue très légère, il s'était aperçu qu'une ouverture avait été découpée dans le côté touchant la porte, une autre ouverture dans cette porte, et que, bien entendu, ses rayons avaient été mis au pillage, ainsi que son coffre-fort.

C'est le genre d'enquête sans prestige qui peut demander des mois et qui exige le plus d'hommes. Les cambrioleurs n'avaient pas laissé la moindre empreinte, ni aucun objet compromettant.

Le fait que la méthode était neuve ne nous permettait pas de chercher dans telle ou telle catégorie de malandrins.

Nous avions tout juste la caisse, banale, encore que de grand format, et depuis trois jours une bonne douzaine d'inspecteurs visitaient tous les fabriquants de caisses et, en général, toutes les entreprises utilisant des caisses de grand modèle.

Je venais donc de rentrer dans mon bureau, où j'avais commencé à rédiger un rapport, quand la sonnerie du téléphone intérieur résonna.

— C'est vous, Maigret ? Vous voulez passer chez moi un instant ?

Rien de surprenant non plus. Chaque jour, ou presque, il arrivait au grand patron de m'appeler une ou plusieurs fois dans son bureau, en dehors du rapport : je le connaissais depuis l'enfance, il avait souvent passé ses vacances près de chez nous, dans l'Allier, et il avait été un ami de mon père.

Et ce grand patron-là, à mes yeux, était vraiment le grand patron dans toute l'acception du terme, celui sous lequel j'avais fait mes premières armes à la Police Judiciaire, celui qui, sans me protéger à proprement parler, m'avait suivi discrètement et de haut, celui que j'avais vu, vêtu de noir, coiffé d'un chapeau melon, se diriger, tout seul, sous les balles, vers la porte du pavillon dans lequel Bonnot et sa bande tenaient tête depuis deux jours à la police et à la gendarmerie.

Je veux parler de Xavier Guichard, aux yeux malicieux et aux longs cheveux blancs de poète.

— Entrez, Maigret.

Le jour était si terne, ce matin-là, que la lampe à abat-jour vert était allumée sur son bureau. A côté de celui-ci, dans un fauteuil, je vis un jeune homme qui se leva pour me tendre la main quand on nous présenta l'un à l'autre.

— Le commissaire Maigret. M. Georges Sim, journaliste...

— Pas journaliste, romancier, protesta le jeune homme en souriant.

Xavier Guichard sourit aussi. Et celui-là possédait une gamme de sourires qui pouvaient exprimer toutes les nuances de sa pensée. Il avait aussi à sa disposition une qualité d'ironie perceptible pour ceux-là seuls qui le connaissaient bien et qui, par d'autres, le faisait parfois prendre pour un naïf.

Il me parlait avec le plus grand sérieux, comme s'il s'agissait d'une affaire d'importance, d'un personnage de marque.

13

— M. Sim, pour ses romans, a besoin de connaître le fonctionnement de la Police Judiciaire. Comme il vient de me l'exposer, une bonne partie des drames humains se dénouent dans cette maison. Il m'a expliqué aussi que ce sont moins les rouages de la police qu'il désire se voir détailler, car il a eu l'occasion de se documenter par ailleurs, que l'ambiance dans laquelle les opérations se déroulent.

Je ne jetais que de petits coups d'œil au jeune homme, qui devait avoir dans les vingt-quatre ans, qui était maigre, les cheveux presque aussi longs que ceux du patron, et dont le moins que je puisse dire est qu'il ne paraissait douter de rien et certainement pas de lui-même.

— Vous voulez lui faire les honneurs de la maison, Maigret ?

Et, au moment où j'allais me diriger vers la porte, j'entendis le Sim en question prononcer :

— Je vous demande pardon, monsieur Guichard, mais vous avez oublié de dire au commissaire...

— Ah ! oui. Vous avez raison. M. Sim, comme il l'a souligné, n'est pas journaliste. Nous ne courons pas le risque qu'il raconte dans les journaux des choses qui ne doivent pas être publiées. Il m'a promis, sans que je le lui demande, de n'utiliser ce qu'il pourra voir ou entendre ici que dans ses romans et sous une forme suffisamment différente pour que cela ne nous crée aucune difficulté.

J'entends encore le grand patron ajouter gravement, en se penchant sur son courrier :

— Vous pouvez avoir confiance, Maigret. Il m'a donné sa parole.

N'empêche que Xavier Guichard s'était laissé embobeliner, je le sentais déjà et j'en ai eu la preuve par la suite. Pas seulement par la jeunesse audacieuse de son visiteur, mais pour une raison que je n'ai connue que plus tard. Le patron, en dehors de son service, avait une passion : l'archéologie. Il faisait partie de plusieurs sociétés savantes et avait écrit un gros ouvrage (que je n'ai jamais lu) sur les lointaines origines de la région de Paris.

Or notre Sim le savait, je me demande si c'était par hasard, et avait eu soin de lui en parler.

Est-ce à cela que je dus d'être dérangé personnellement ? Presque chaque jour, quelqu'un se voit octroyer, au Quai, la « corvée de visite ». La plupart du temps, il s'agit d'étrangers de marque, ou appartenant plus ou moins à la police de leur pays, parfois simplement d'électeurs influents venus de province et exhibant fièrement une carte de leur député.

C'est devenu une routine. C'est tout juste si, comme pour les monuments historiques, il n'existe pas un petit laïus que chacun a plus ou moins appris par cœur.

Mais, d'habitude, un inspecteur fait l'affaire, et il faut qu'une personnalité commence à être de première grandeur pour qu'on dérange un chef de service.

— Si vous voulez, proposai-je, nous monterons d'abord au service anthropométrique.

— A moins que cela vous dérange beaucoup, je préférerais commencer par l'antichambre.

Ce fut mon premier étonnement. Il disait cela gentiment, d'ailleurs, avec un regard désarmant, en expliquant :

— Vous comprenez, je voudrais suivre le chemin que vos clients suivent d'habitude.

— Dans ce cas, il faudrait commencer par le Dépôt, car la plupart y passent la nuit avant de nous être amenés.

Et lui, tranquillement :

— J'ai visité le Dépôt la nuit dernière.

Il ne prit pas de notes. Il n'avait ni carnet ni stylo. Il resta plusieurs minutes dans la salle d'attente vitrée ou, dans des cadres noirs, sont exposées les photographies des membres de la police tombés en service commandé.

— Combien en meurt-il par an, en moyenne ?

Puis il demanda à voir mon bureau. Or le hasard voulut qu'à cette époque des ouvriers fussent occupés à réaménager celui-ci. J'occu-

16

pais provisoirement, à l'entresol, un ancien bureau du plus vieux style administratif, poussiéreux à souhait, avec des meubles en bois noir et un poêle à charbon du modèle qu'on voit encore dans certaines gares de province.

C'était le bureau où j'avais fait mes débuts, où j'avais travaillé pendant une quinzaine d'années comme inspecteur, et j'avoue que je gardais une certaine tendresse à ce gros poêle dont j'aimais, l'hiver, voir la fonte rougir et que j'avais pris l'habitude de charger jusqu'à la gueule.

Ce n'était pas tant une manie qu'une contenance, presque une ruse. Au milieu d'un interrogatoire difficile, je me levais et commençais à tisonner longuement, puis à verser de bruyantes pelletées de charbon, l'air bonasse, cependant que mon client me suivait des yeux, dérouté.

Et il est exact que, lorsque j'ai disposé enfin d'un bureau moderne, muni du chauffage central, j'ai regretté mon vieux poêle, mais sans obtenir, sans même demander — ce qui m'aurait été refusé — de l'emmener avec moi dans mes nouveaux locaux.

Je m'excuse de m'attarder à ces détails, mais je sais plus ou moins où je veux en venir.

Mon hôte regardait mes pipes, mes cendriers, l'horloge de marbre noir sur la cheminée, la petite fontaine d'émail, derrière la porte, la serviette qui sent toujours le chien mouillé.

Il ne me posait aucune question technique. Les dossiers ne paraissaient pas l'intéresser le moins du monde.

— Par cet escalier, nous allons arriver au laboratoire.

Là aussi, il contempla le toit en partie vitré, les murs, les planchers, le mannequin dont on se sert pour certaines reconstitutions, mais il ne s'occupa ni du laboratoire proprement dit, avec ses appareils compliqués, ni du travail qui s'y faisait.

Par habitude, je voulus expliquer :

— En agrandissant quelques centaines de fois n'importe quel texte écrit et en comparant...

— Je sais. Je sais.

C'est là qu'il me demanda négligemment :

— Vous avez lu Hans Gross ?

Je n'avais jamais entendu prononcer ce nom. J'ai su, par la suite, qu'il s'agissait d'un juge d'instruction autrichien qui, vers 1880, occupa la première chaire d'instruction criminelle scientifique à l'Université de Vienne.

Mon visiteur, lui, avait lu ses deux gros volumes. Il avait tout lu, des quantités de livres dont j'ignorais l'existence et dont il me citait les titres d'un ton détaché.

— Suivez-moi dans ce couloir, que je vous

montre les sommiers, où sont rangées les fiches de...

— Je sais. Je sais.

Il commençait à m'impatienter. On aurait dit qu'il ne m'avait dérangé que pour regarder des murs, des plafonds, des planchers, que pour nous regarder tous avec l'air d'effectuer un inventaire.

— A cette heure-ci, nous allons trouver foule à l'anthropométrie. On doit en avoir fini avec les femmes. C'est le tour des hommes...

Il y en avait une vingtaine, tout nus, ramassés au cours de la nuit, qui attendaient leur tour de passer à la mensuration et à la photographie.

— En somme, me dit le jeune homme, il ne me reste à voir que l'Infirmerie Spéciale du Dépôt.

Je fronçai les sourcils.

— Les visiteurs n'y sont pas admis.

C'est un des endroits les moins connus, où les criminels et les suspects passent, devant les médecins légistes, un certain nombre de tests mentaux.

— Paul Bourget avait l'habitude d'assister aux séances, me répondit tranquillement mon visiteur. Je demanderai l'autorisation.

En définitive, je n'en gardai qu'un souvenir banal, banal comme le temps de ce jour-là. Si je ne m'arrangeai pas pour abréger la visite, c'est d'abord à cause de la recommandation du grand patron, ensuite parce que je n'avais rien d'important à faire et que cela tuait quand même un certain nombre de minutes.

Il se trouva repasser par mon bureau, s'assit, me tendit sa blague à tabac.

— Je vois que vous êtes fumeur de pipe aussi. J'aime les fumeurs de pipe.

Il y en avait, comme toujours, une bonne demi-douzaine étalées, et il les examina en connaisseur.

— Quelle est l'affaire dont vous vous occupez à présent ?

De mon ton le plus professionnel, je lui parlai du coup de la caisse déposée à la porte de la bijouterie et fis remarquer que c'était la première fois que cette technique était employée.

— Non, me dit-il. Elle l'a été il y a huit ans à New York, devant un magasin de la Huitième Avenue.

Il devait être content de lui, mais je dois dire qu'il n'avait pas l'air de se vanter. Il fumait sa pipe gravement, comme pour se donner dix ans de plus que son âge, comme pour se mettre de plain-pied avec l'homme déjà mûr que j'étais alors.

— Voyez-vous, monsieur le commissaire, les professionnels ne m'intéressent pas. Leur psychologie ne pose aucun problème. Ce sont des gens qui font leur métier, un point, c'est tout.

— Qu'est-ce qui vous intéresse ?

— Les autres. Ceux qui sont faits comme vous et moi et qui finissent, un beau jour, par tuer sans y être préparés.

— Il y en a très peu.

— Je sais.

— En dehors des crimes passionnels...

— Les crimes passionnels ne sont pas intéressants non plus.

C'est à peu près tout ce qui émerge dans ma mémoire de cette rencontre-là. J'ai dû lui parler incidemment d'une affaire qui avait requis mes soins quelques mois plus tôt, justement parce qu'il ne s'agissait pas de professionnels, dans laquelle il était question d'une jeune fille et d'un collier de perles.

— Je vous remercie, monsieur le commissaire. J'espère que j'aurai le plaisir de vous rencontrer à nouveau.

A part moi, je me disais : « J'espère bien que non. »

Des semaines passèrent, des mois. Une seule fois, en plein hiver, j'eus l'impression de reconnaître le dénommé Sim dans le grand couloir de la Police Judiciaire, où il faisait les cent pas.

Un matin, je trouvai sur mon bureau, à côté de mon courrier, un petit livre à couverture horriblement illustrée comme on en voit chez les marchands de journaux et entre les mains des midinettes. Cela s'intitulait : *La Jeune Fille aux Perles*, et le nom de l'auteur était Georges Sim.

Je n'eus pas la curiosité de le lire. Je lis peu et jamais de romans populaires. Je ne sais même pas où je mis la brochure imprimée sur du mauvais papier, probablement au panier, et je fus quelques jours sans y penser.

Puis un autre matin, je trouvai un livre identique à la même place sur mon bureau, et, désormais, chaque matin, un nouvel exemplaire faisait son apparition à côté de mon courrier.

Je mis un certain temps à m'apercevoir que mes inspecteurs, en particulier Lucas, me lançaient parfois des coups d'œil amusés. Lucas finit par me dire, après avoir longtemps tourné autour du pot, un midi que nous allions prendre l'apéritif ensemble à la *Brasserie Dauphine :*

— Voilà que vous devenez un personnage de roman, patron.

Il sortit le bouquin de sa poche.

— Vous avez lu ?

Il m'avoua que c'était Janvier, le plus jeune de la brigade, à cette époque, qui, chaque matin, plaçait un des bouquins sur mon bureau.

— Par certains traits, cela vous ressemble, vous verrez.

Il avait raison, Cela me ressemblait comme le dessin crayonné sur le marbre d'une table de café par un caricaturiste amateur ressemble à un être en chair et en os.

Je devenais plus gros, plus lourd que nature, avec, si je puis m'exprimer ainsi, une pesanteur étonnante.

Quant à l'histoire, elle était méconnaissable, et il m'arrivait, dans le récit, d'employer des méthodes à tout le moins inattendues.

Le même soir, je trouvai ma femme avec le livre entre les mains.

— C'est la crémière qui me l'a remis. Il paraît qu'on parle de toi. Je n'ai pas encore eu le temps de le lire.

Qu'est-ce que je pouvais faire ? Comme le nommé Sim l'avait promis, il ne s'agissait pas d'un journal. Il ne s'agissait pas non plus d'un livre sérieux, mais d'une publication à bon marché à laquelle il aurait été ridicule d'attacher de l'importance.

Il avait employé mon véritable nom. Mais il pouvait me répondre qu'il existe sur terre un certain nombre de Maigret. Je me promis seulement de le recevoir assez sèchement si d'aventure je le rencontrais à nouveau, tout en étant persuadé qu'il éviterait de mettre les pieds à la Police Judiciaire.

En quoi je me trompais. Un jour que je frappais à la porte du chef sans avoir été appelé, pour lui demander un avis, il me dit vivement :

— Entrez, Maigret. J'allais justement vous téléphoner. Notre ami Sim est ici.

Pas gêné du tout, l'ami Sim. Absolument à son aise, au contraire, une pipe plus grosse que jamais à la bouche.

— Comment allez-vous, monsieur le commissaire ?

Et Guichard de m'expliquer :

— Il vient de me lire quelques passages d'un machin qu'il a écrit sur la maison.

— Je connais.

Les yeux de Xavier Guichard riaient, mais c'était de moi, cette fois, qu'il avait l'air de se payer la tête.

— Il m'a dit ensuite des choses assez pertinentes qui vous intéressent. Il va vous les répéter.

— C'est très simple. Jusqu'ici, en France, dans la littérature, à de rares exceptions près, le rôle sympathique a toujours été tenu par le malfaiteur, tandis que la police se voit ridiculisée, quand ce n'est pas pis.

Guichard hochait la tête, approbateur.

— Exact, n'est-ce pas ?

Et c'était exact, en effet. Pas seulement dans la littérature, mais aussi dans la vie courante. Cela me rappelait un souvenir assez cuisant de mes débuts, de l'époque à laquelle je « faisais » la voie publique. J'étais sur le point d'arrêter un voleur à la tire, à la sortie du métro, quand

24

mon homme se mit à crier je ne sais quoi
— peut-être : « Au voleur ! »

Instantanément, vingt personnes me tombè-
rent dessus. Je leur expliquai que j'appartenais
à la police, que l'individu qui s'éloignait était
un récidiviste. Je suis persuadé que tous me
crurent. Ils ne s'en arrangèrent pas moins
pour me retarder par tous les moyens, laissant
ainsi à mon tireur le temps de prendre le large.

— Eh bien ! reprenait Guichard, notre ami
Sim se propose d'écrire une série de romans
où la police sera montrée sous son vrai jour.

Je fis une grimace qui n'échappa pas au
grand patron.

— A peu près sous son vrai jour, corrigea-
t-il. Vous me comprenez ? Son livre n'est
qu'une ébauche de ce qu'il envisage de faire.

— Il s'y est servi de mon nom.

Je croyais que le jeune homme allait se montrer confus, s'excuser. Pas du tout.

— J'espère que cela ne vous a pas choqué,
monsieur le commissaire. C'est plus fort que
moi. Lorsque j'ai imaginé un personnage sous
un nom déterminé, il m'est impossible de le
changer. J'ai cherché en vain à accoupler toutes les syllabes inimaginables pour remplacer
celles du mot Maigret. En fin de compte, j'y ai
renoncé. Cela n'aurait plus été *mon* personnage.

Il dit *mon* personnage, tranquillement, et, le
plus fort, c'est que je n'ai pas bronché, peut-

être à cause de Xavier Guichard et du regard pétillant de malice qu'il tenait fixé sur moi.

— Il ne s'agit plus, cette fois, d'une collection populaire, mais de ce qu'il appelle... Comment avez-vous dit, monsieur Sim ?

— Semi-littérature.

— Et vous comptez sur moi pour...

— J'aimerais vous connaître davantage.

Je vous l'ai dit en commençant : il ne doutait de rien. Je crois bien que c'était sa force. C'est en partie grâce à cela qu'il était déjà parvenu à mettre dans son jeu le grand patron qui s'intéressait à tous les spécimens d'humanité et qui m'annonça sans rire :

— Il n'a que vingt-quatre ans.

— Il m'est difficile de bâtir un personnage si je ne sais pas comment il se comporte à tous les moments de la journée. Par exemple, je ne pourrai pas parler de milliardaires tant que je n'en aurai vu un, en robe de chambre, prendre son œuf à la coque du matin.

Cela se passait il y a bien longtemps et je me demande maintenant pour quelle raison mystérieuse nous avons écouté tout ça sans éclater de rire.

— En somme, vous voudriez...

— Vous connaître davantage, vous voir vivre et travailler.

Bien entendu, le patron ne me donnait aucun ordre. Je me serais sans doute rebiffé. Pendant tout un temps, je n'ai pas été trop sûr qu'il ne m'ait pas monté un canular, car il avait gardé dans le caractère un certain côté Quartier latin, du temps où le Quartier latin aimait encore les farces.

Probablement est-ce pour ne pas avoir l'air de prendre cette affaire trop au sérieux que je dis en haussant les épaules :

— Quand vous voudrez.

Alors le Sim de se lever, enchanté.

— Tout de suite.

Encore une fois, avec le recul, cela peut paraître ridicule. Le dollar valait je ne sais quelles sommes invraisemblables. Les Américains allumaient leur cigare avec des billets de mille francs. Les musiciens nègres sévissaient à Montmartre, et les riches dames mûres se faisaient voler leurs bijoux dans les thés dansants par des gigolos argentins.

La Garçonne atteignait des tirages astronomiques, et la police des mœurs était débordée par les « partouzes » du Bois de Boulogne qu'elle osait à peine interrompre par crainte de déranger dans leurs ébats des personnages consulaires.

Les cheveux des femmes étaient courts, les robes aussi, et les hommes portaient des souliers pointus, des pantalons serrés aux chevilles.

Cela n'explique rien, je le sais. Mais tout fait partie du tout. Et je revois le jeune Sim entrer le matin dans mon bureau, comme s'il était devenu un de mes inspecteurs, me lancer gentiment : « Ne vous dérangez pas... », et aller s'asseoir dans un coin.

Il ne prenait toujours pas de notes. Il posait peu de questions. Il aurait eu plutôt tendance à affirmer. Il m'a expliqué par la suite — ce qui ne signifie pas que je l'aie cru — que les réactions de quelqu'un à une affirmation sont plus révélatrices que ses réponses à une question précise.

Un midi que nous allions prendre l'apéritif à la *Brasserie Dauphine*, Lucas, Janvier et moi, comme cela nous arrivait fréquemment, il nous suivit.

Et, un matin, à l'heure du rapport, je le trouvai installé dans un coin du bureau du patron.

Cela dura quelques mois. Quand je lui demandai s'il écrivait, il me répondit :

— Des romans populaires, toujours pour gagner ma vie. De quatre heures à huit heures du matin. A huit heures, j'ai fini ma journée. Je n'entreprendrai les romans semi-littéraires que quand je me sentirai au point.

Je ne sais pas ce qu'il entendait par là, mais, après un dimanche où je l'invitai à déjeuner boulevard Richard-Lenoir et où je le présentai à ma femme, il cessa soudain ses visites quai des Orfèvres.

Cela faisait drôle de ne plus le voir dans son coin, se levant quand je me levais, me suivant quand je m'en allais et m'accompagnant pas à pas à travers les bureaux.

Dans le courant du printemps, je reçus un « carton » pour le moins inattendu.

Georges Sim a l'honneur de vous inviter au baptême de son bateau, l'Ostrogoth, *auquel M. le curé de Notre-Dame procédera mardi prochain, au square du Vert-Galant.*

Je n'y suis pas allé. J'ai su, par la police du quartier, que pendant trois jours et trois nuits une bande d'énergumènes avait mené grand tapage à bord d'un bateau amarré au beau milieu de Paris et arborant le grand pavois.

Une fois, en franchissant le Pont-Neuf, je vis le bateau en question et, au pied du mât, quelqu'un qui tapait à la machine, coiffé d'une casquette de capitaine au long cours.

La semaine suivante, le bateau n'était plus là, et le square du Vert-Galant avait repris son visage familier.

Plus d'un an après, je recevais une autre invitation, écrite cette fois sur une de nos fiches dactyloscopiques.

Georges Simenon a l'honneur de vous inviter au bal anthropométrique qui sera donné à la Boule Blanche *à l'occasion du lancement de ses romans policiers.*

Le Sim était devenu Simenon.

Plus exactement, se sentant peut-être désormais une grande personne, il avait repris son vrai nom.

Je ne m'en préoccupai pas. Je n'allai pas au bal en question et je sus le lendemain que le préfet de police s'y était rendu.

Par les journaux. Les mêmes journaux qui m'apprenaient, en première page, que le commissaire Maigret venait de faire une entrée bruyante dans la littérature policière.

Ce matin-là, quand j'arrivai au *Quai* et que je montai le grand escalier, je ne vis que des sourires goguenards, des visages amusés qui se détournaient.

Mes inspecteurs faisaient tout leur possible pour garder leur sérieux. Mes collègues, au rapport, feignaient de me traiter avec un respect nouveau.

Il n'y eut que le grand patron à se comporter comme si rien ne s'était passé et à me demander, l'air absent :

— Et vous, Maigret ? Vos affaires en cours ?

Dans les boutiques du quartier Richard-Lenoir, pas un commerçant ne manquait de montrer le journal à ma femme, avec mon nom en gros caractères, et de lui demander, impressionné :

— C'est bien votre mari, n'est-ce pas ?

C'était moi, hélas !

2

*Où il est question d'une vérité qu'on appelle
toute nue et qui ne convainc personne et de
vérités « arrangées » qui font plus vrai que
nature*

Quand on a su que j'écrivais ce livre, puis
que l'éditeur de Simenon m'avait offert de le
publier, avant de le lire, avant même que le
premier chapitre en fût terminé, j'ai senti,
chez la plupart de mes amis, une approbation
quelque peu hésitante. Ils se disaient, j'en suis
sûr : « Voilà Maigret qui y passe à son tour ! »

Au cours des quelques dernières années, en
effet, trois au moins de mes anciens collègues,
de ceux de ma génération, ont écrit et édité
leurs mémoires.

Je m'empresse de faire remarquer qu'ils ont
suivi, en cela, une vieille tradition de la police
parisienne, qui nous a valu, entre autres, les
mémoires de Macé et ceux du grand Goron,
tous deux chefs, en leur temps, de ce qu'on
appelait alors la Sûreté. Quant au plus illustre

de tous, le légendaire Vidocq, il ne nous a malheureusement pas laissé de souvenirs de sa main que nous puissions comparer avec les portraits que les romanciers ont tracés de lui, souvent en le désignant sous son nom véritable, ou bien, comme dans le cas de Balzac, en lui donnant le nom de Vautrin.

Ce n'est pas mon rôle de défendre mes collègues, mais je n'en réponds pas moins en passant à une objection que j'ai entendue souvent.

— A les lire, m'a-t-on dit, ils auraient été au moins trois à trouver la solution de chaque cause célèbre.

On me citait en particulier l'affaire Mestorino, qui fit grand bruit naguère.

Or je pourrais me mettre sur les rangs, moi aussi, car une affaire de cette envergure requiert la collaboration de tous les services. Quant à l'interrogatoire final, ce fameux interrogatoire de vingt-huit heures qu'on cite aujourd'hui en exemple, nous avons été, non quatre, mais six au moins à nous relayer, à reprendre les questions une à une, de toutes les façons inimaginables, gagnant chaque fois un petit bout de terrain.

Bien malin, dans ces conditions, celui qui dirait lequel d'entre nous, à un moment donné, a poussé le déclic qui a amené les aveux.

Je tiens à déclarer, d'ailleurs, que le titre de

mémoires n'a pas été choisi par moi et a été mis en fin de compte, faute d'un autre mot que nous n'avons pas trouvé.

Il en est de même (je souligne ceci en corrigeant les épreuves) des sous-titres, de ce qu'on appelle, paraît-il, les têtes de chapitres, que l'éditeur m'a demandé la permission d'ajouter après coup, pour des raisons typographiques, m'a-t-il dit gentiment ; en réalité, je pense, pour donner un peu de légèreté à mon texte.

De toutes les tâches que j'ai accomplies quai des Orfèvres, la seule sur laquelle j'aie jamais renâclé a été la rédaction des rapports. Cela tient-il à un souci atavique d'exactitude, à des scrupules avec lesquels j'ai vu mon père se battre avant moi ?

J'ai souvent entendu la plaisanterie presque classique :

— Dans les rapports de Maigret, il y a surtout des parenthèses.

Probablement parce que je veux trop expliquer, tout expliquer, que rien ne me paraît simple ni résolu.

Si l'on entend par mémoires le récit des événements auxquels j'ai été mêlé au cours de ma carrière, je crains que le public soit déçu.

En l'espace de près d'un demi-siècle, je ne pense pas qu'il y ait eu plus d'une vingtaine d'affaires vraiment sensationnelles, y compris celles auxquelles j'ai déjà fait allusion : l'affaire Bonnot, l'affaire Mestorino, plus l'affaire Landru, l'affaire Sarret et quelques autres.

Or mes collègues, mes anciens chefs dans certains cas, en ont parlé longuement.

Pour les autres enquêtes, celles qui étaient intéressantes en elles-mêmes, mais n'ont pas eu la vedette dans les journaux, Simenon s'en est chargé.

Cela m'amène où je voulais en venir, où j'essaie d'en venir depuis que j'ai commencé ce manuscrit, c'est-à-dire à la vraie raison d'être de ces mémoires qui n'en sont pas, et je sais moins que jamais comment je vais m'exprimer.

J'ai lu jadis dans les journaux qu'Anatole France, qui devait être à tout le moins un homme intelligent et qui maniait volontiers l'ironie, ayant posé pour un portrait devant le peintre Van Dongen, non seulement avait refusé livraison de celui-ci une fois le tableau achevé, mais avait interdit de l'exposer en public.

C'est vers la même époque qu'une actrice célèbre a intenté un procès sensationnel à un caricaturiste qui l'avait représentée sous des traits qu'elle jugeait outrageants et dommageables à sa carrière.

Je ne suis ni académicien, ni vedette de la scène. Je ne crois pas avoir des susceptibilités exagérées. Jamais, au cours de mes années de métier, il ne m'est arrivé d'envoyer une seule rectification à la presse, laquelle ne s'est pourtant pas fait faute de critiquer mes faits et gestes ou mes méthodes.

Il n'est plus donné à tout le monde de commander son portrait à un peintre, mais chacun, de nos jours, a au moins l'expérience des photographes. Et je suppose que chacun connaît ce malaise qui nous prend devant une image de nous-mêmes qui n'est pas tout à fait exacte.

Comprend-on bien ce que je veux dire ? J'ai un peu honte d'insister. Je sais que je touche à un point essentiel, ultra-sensible, et, ce qui m'arrive rarement, j'ai soudain peur du ridicule.

Je crois qu'il me serait à peu près égal qu'on me dépeigne sous des traits complètement différents des miens, au point, si on y tient, de friser la calomnie.

Mais j'en reviens à la comparaison de la photographie. L'objectif ne permet pas l'inexactitude absolue. L'image est différente sans l'être. Devant l'épreuve qu'on vous tend, vous êtes souvent incapable de mettre le doigt sur le détail qui vous choque, de dire *ce* qui n'est pas vous, *ce* que vous ne reconnaissez pas comme vôtre.

Eh bien ! pendant des années, tel a été mon cas en présence du Maigret de Simenon, que je voyais grandir chaque jour à mon côté, au point qu'à la fin des gens me demandaient de bonne foi si j'avais copié ses tics, d'autres si mon nom était vraiment le nom de mon père et si je ne l'avais pas emprunté au romancier.

J'ai essayé d'expliquer tant bien que mal comment les choses se sont passées au début, innocemment, en somme, sans que cela parût tirer à conséquence.

L'âge même du gamin que le bon Xavier Guichard m'avait présenté un jour dans son bureau m'aurait plutôt donné l'envie de hausser les épaules que de me méfier.

Or, quelques mois plus tard, j'étais bel et bien pris dans un engrenage dont je ne suis jamais sorti et dont les pages que je noircis maintenant ne me sauveront pas tout à fait.

— De quoi vous plaignez-vous ? Vous êtes célèbre !

Je sais ! Je sais ! On dit ça quand on n'est pas passé par là. Je concède même qu'à certains moments, dans certaines circonstances, ce n'est pas désagréable. Pas seulement à cause des satisfactions d'amour-propre. Souvent pour des raisons d'ordre pratique. Tenez ! rien que pour décrocher une bonne place dans un train ou dans un restaurant bondé, ou pour ne pas avoir à faire la queue.

Pendant tant d'années, je n'ai jamais protesté, pas plus que je n'ai envoyé de rectifications aux journaux.

Et je ne prétends pas, tout à coup, que je bouillais en dedans, ni que je rongeais mon frein. Ce serait exagéré, et je déteste l'exagération.

Je ne m'en suis pas moins promis qu'un jour je dirais tranquillement, sans humeur comme sans rancune, ce que j'ai à dire et que je mettrais une fois pour toutes les choses au point.

Et ce jour-là est arrivé.

Pourquoi ceci s'intitule-t-il *Mémoires* ? Je n'en suis pas responsable, je le répète, et le mot n'est pas de mon choix.

Il ne s'agit en réalité ni de Mestorino, ni de Landru, ni de l'avocat du Massif Central qui exterminait ses victimes en les plongeant dans une baignoire remplie de chaux vive.

Il s'agit plus simplement de confronter un personnage avec un personnage, une vérité avec une vérité.

Vous allez voir tout de suite ce que certains entendent par vérité.

C'était au début, à l'époque de ce bal anthropométrique qui a servi, avec quelques autres manifestations plus ou moins spectaculaires et de bon goût, au lancement de ce qu'on commençait déjà à appeler les « premiers Maigret », deux volumes qui s'intitulaient : *Le Pendu de Saint-Pholien* et *Monsieur Gallet décédé*.

Ces deux-là, je ne le cache pas, je les ai lus tout de suite. Et je revois Simenon arrivant dans mon bureau le lendemain, content d'être lui, avec plus d'assurance encore, si possible, que précédemment, mais avec, quand même, une petite anxiété dans le regard.

— Je sais ce que vous allez me dire ! me lança-t-il alors que j'ouvrais la bouche.

Et de m'expliquer en marchant de long en large :

— Je n'ignore pas que ces livres sont bourrés d'inexactitudes techniques. Il est inutile d'en faire le compte. Sachez qu'elles sont voulues, et je vais vous en donner la raison.

Je n'ai pas enregistré tout son discours, mais je me rappelle la phrase essentielle, qu'il m'a souvent répétée par la suite, avec une satisfaction confinant au sadisme :

— La vérité ne paraît jamais vraie. Je ne parle pas seulement en littérature ou en peinture. Je ne vous citerai pas non plus le cas des colonnes doriques dont les lignes nous semblent rigoureusement perpendiculaires et qui ne donnent cette impression que parce qu'elles sont légèrement courbes. C'est si elles étaient droites que notre œil les verrait renflées, comprenez-vous ?

Il aimait encore, en ce temps-là, faire étalage d'érudition.

— Racontez n'importe quelle histoire à quelqu'un. Si vous ne l'arrangez pas, on la trouvera incroyable, artificielle. Arrangez-la, et elle fera plus vrai que nature.

Il claironnait ces derniers mots comme s'il s'agissait d'une découverte sensationnelle.

— Faire plus vrai que nature, tout est là. Eh bien ! moi, je vous ai fait plus vrai que nature.

Je demeurai sans voix. Sur le moment, le pauvre commissaire que j'étais, le commissaire « moins vrai que nature », n'a rien trouvé à répondre.

Et lui, avec une abondance de gestes et une pointe d'accent belge, de me démontrer que mes enquêtes, telles qu'il les avait racontées, étaient plus plausibles — peut-être bien a-t-il dit plus exactes ? — que telles que je les avais vécues.

Lors de nos premières rencontres, à l'automne, il ne manquait pas d'assurance. Le succès aidant, il en débordait, il en avait à revendre à tous les timorés de la terre.

— Suivez-moi bien, commissaire...

Car il avait décidé de laisser tomber le « monsieur ».

— Dans une véritable enquête, vous êtes parfois cinquante, sinon plus, à vous occuper de la recherche du coupable. Il n'y a pas que vous et vos inspecteurs à suivre une piste. La police, la gendarmerie du pays entier sont alertées. On travaille dans les gares, au départ des paquebots et aux frontières. Je ne parle pas des indicateurs, encore moins des amateurs qui se mettent de la partie.

» Essayez, dans les deux cents ou les deux

cent cinquante pages d'un roman, de donner une image à peu près fidèle de ce grouillement ! Un roman-fleuve n'y suffirait pas, et le lecteur serait découragé après quelques chapitres, brouillant tout, confondant tout.

» Or, dans la réalité, qui est-ce qui empêche cette confusion de se produire, qui est-ce qui s'y retrouve, chaque matin, mettant chacun à sa place et suivant le fil conducteur ?

Il me toisait triomphalement.

— C'est vous, vous le savez bien. C'est celui qui dirige l'enquête. Je n'ignore pas qu'un commissaire de la Police Judiciaire, un chef de brigade spéciale, ne court pas les rues en personne pour aller interroger les concierges et les marchands de vin.

» Je n'ignore pas non plus que, sauf des cas exceptionnels, vous ne passez pas vos nuits à battre la semelle sous la pluie dans les rues désertes, à attendre que telle fenêtre s'éclaire ou que telle porte s'entr'ouvre.

» N'empêche que c'est exactement comme si vous étiez là vous-même, n'est-il pas vrai ?

Que répondre à cela ? D'un certain point de vue, c'était logique.

— Donc, simplification ! La première qualité, la qualité essentielle d'une vérité est d'être simple. Et j'ai simplifié. J'ai réduit à leur plus simple expression les rouages autour de vous sans que, pour cela, le résultat soit changé le moins du monde.

» Où cinquante inspecteurs plus ou moins anonymes grouillaient en désordre, je n'en ai gardé que trois ou quatre ayant une personnalité propre.

J'essayai d'objecter :

— Les autres ne sont pas contents.

— Je n'écris pas pour les quelques douzaines de fonctionnaires de la Police Judiciaire. Lorsqu'on écrit un livre sur les instituteurs, on mécontente, quoi qu'on fasse, des dizaines de milliers d'instituteurs. Il en serait de même si on écrivait sur les chefs de gare ou sur les dactylos. Où en étions-nous ?

— Aux différentes sortes de vérités.

— J'essayais de vous démontrer que la mienne est la seule valable. Voulez-vous un autre exemple ? Il n'y a pas besoin d'avoir passé dans ce bâtiment les journées que j'y ai passées pour savoir que la Police Judiciaire, faisant partie de la Préfecture de Police, ne peut agir que dans le périmètre de Paris et, par extension, dans certains cas, du département de la Seine.

» Or, dans *Monsieur Gallet décédé*, je raconte une enquête qui s'est déroulée dans le Centre de la France.

» Y êtes-vous allé, oui ou non ?

C'était oui, bien entendu.

— J'y suis allé, c'est vrai, mais à une époque où...

— A une époque où, pendant un certain

temps, vous avez travaillé, non plus pour le quai des Orfèvres, mais pour la rue des Saussaies. Pourquoi troubler les idées du lecteur avec ces subtilités administratives ?

» Faudra-t-il, pour chaque enquête, expliquer en commençant : "Ceci se passait en telle année. Donc Maigret était attaché à tel service."

» Laissez-moi finir...

Il avait son idée et savait qu'il allait toucher un point faible.

— Etes-vous, de par vos habitudes, vos attitudes, votre caractère, un homme du quai des Orfèvres ou un homme de la rue des Saussaies ?

J'en demande pardon à mes collègues de la Sûreté Nationale, parmi lesquels je compte de bons amis, mais je n'apprends rien à personne en admettant qu'il y a, mettons une rivalité, pour ne pas dire plus, entre les deux maisons.

Admettons aussi, ce que Simenon avait compris depuis le début, qu'en ce temps-là surtout il existait deux types de policiers assez différents.

Ceux de la rue des Saussaies, qui dépendent directement du ministre de l'Intérieur, sont plus ou moins amenés par la force des choses à s'occuper de besognes politiques.

Je ne leur en fais pas grief. J'avoue simplement que, pour ce qui est de moi, je préfère n'en pas être chargé.

Notre champ d'action, quai des Orfèvres, est peut-être plus restreint, plus terre à terre. Nous nous contentons, en effet, de nous occuper des malfaiteurs de toutes sortes et, en général, de tout ce qui est inclus dans le mot « police » précisé par le mot « judiciaire ».

— Vous m'accorderez que vous êtes un homme du Quai. Vous en êtes fier. Eh bien ! j'ai fait de vous un homme du Quai. J'ai essayé d'en faire l'incarnation. Va-t-il falloir, pour des minutes, parce que vous avez la manie de l'exactitude, que je rende cette image moins nette en expliquant qu'en telle année, pour des raisons compliquées, vous avez provisoirement changé de maison, ce qui vous a permis de travailler aux quatre coins de la France ?

— Mais...

— Un instant. Le premier jour que je vous ai rencontré, je vous ai déclaré que je n'étais pas journaliste, mais romancier, et je me souviens avoir promis à M. Guichard que jamais mes récits ne constitueraient des indiscrétions susceptibles d'attirer des difficultés à ses services.

— Je sais, mais...

— Attendez donc, Maigret, sacrebleu !

C'était la première fois qu'il m'appelait comme ça. C'était la première fois aussi que ce gamin me faisait taire.

— J'ai changé les noms, sauf le vôtre et celui de deux ou trois de vos collaborateurs. J'ai pris soin de changer aussi les localités. Souvent, pour plus de précautions, j'ai changé les relations de famille des personnages entre eux.

» J'ai simplifié, et parfois il ne reste qu'un seul interrogatoire là où vous avez dû en faire subir quatre ou cinq, que deux ou trois pistes là où, au début, vous en avez eu dix devant vous.

» Je prétends que c'est moi qui ai raison, que c'est ma vérité la bonne.

» Je vous en ai apporté une preuve.

Il me désigna une pile de bouquins qu'il avait déposés sur mon bureau en arrivant et auxquels je n'avais pas prêté attention.

— Ce sont les livres écrits par des spécialistes sur des questions policières au cours des vingt dernières années, des récits vrais, de cette sorte de vérité que vous aimez.

» Lisez-les. Pour la plupart, vous connaissez les enquêtes que ces livres racontent par le détail.

» Eh bien ! je parie que vous ne les reconnaîtrez pas, justement parce que le souci d'objectivité fausse cette vérité qui est toujours, qui *doit* toujours être simple.

» Et maintenant...

Allons ! J'aime mieux en venir tout de suite à l'aveu. C'est à ce moment-là, justement, que j'ai su où le bât me blessait.

Il avait raison, parbleu, sur tous les points qu'il venait d'énumérer. Je me moquais, moi aussi, qu'il ait réduit le nombre des inspecteurs, qu'il m'ait fait passer des nuits sous la pluie à la place de ceux-ci et ait confondu, volontairement ou non, la Sûreté Nationale avec la Police Judiciaire.

Ce qui me choquait, au fond, et que je ne voulais pas encore m'avouer à moi-même, c'était...

Bon Dieu ! que c'est difficile ! Souvenez-vous de ce que je vous ai dit du monsieur devant sa photographie.

Ne prenons que le détail du chapeau melon. Tant pis si je me couvre de ridicule en avouant que ce détail idiot m'a fait souffrir plus que tous les autres.

Quand le jeune Sim est entré pour la première fois au quai des Orfèvres, j'avais encore un chapeau melon dans mon armoire, mais je ne le portais plus qu'à de rares occasions : pour des enterrements ou des cérémonies officielles.

Or il se fait que, dans mon bureau, était pendue une photographie prise quelques années plus tôt lors de je ne sais quel congrès et sur laquelle j'étais représenté avec ce maudit chapeau.

Ce qui me vaut encore aujourd'hui, lorsqu'on me présente à des gens qui ne m'ont jamais vu, de m'entendre dire :

— Tiens ! Vous avez changé de chapeau.

Quant au fameux pardessus à col de velours,

ce n'est pas avec moi, mais avec ma femme que Simenon a eu, un jour, à s'en expliquer.

J'en ai eu un, je l'admets. J'en ai même eu plusieurs, comme tous les hommes de ma génération. Peut-être m'est-il arrivé, vers 1927, un jour de grand froid ou de pluie battante, de décrocher un de ces vieux pardessus-là.

Je ne suis pas coquet. Je me soucie assez peu de l'élégance. Mais, peut-être à cause de cela, j'ai l'horreur de me singulariser. Et mon petit tailleur juif de la rue de Turenne n'a pas plus envie que moi qu'on se retourne dans la rue à mon passage.

« Est-ce ma faute si je vous vois ainsi ? » aurait pu me répondre Simenon, comme le peintre qui fait un nez de travers ou des yeux bigles à son modèle.

Seulement le modèle en question n'est pas tenu de vivre toute sa vie face à face avec son portrait, et il n'y a pas des milliers de gens pour croire désormais qu'il a le nez de travers ou les yeux bigles.

Tout ceci, je ne le lui dis pas ce matin-là. Pudiquement, je me contentai de prononcer en regardant ailleurs :

— Etait-il indispensable de *me* simplifier aussi ?

— Au début, mais oui. Il faut que le public s'habitue à vous, à votre silhouette, à votre démarche. Je viens sans doute de trouver le mot. Pour le moment, vous n'êtes encore qu'une silhouette, un dos, une pipe, une façon de marcher, de grommeler.

— Merci.

— Les détails apparaîtront peu à peu, vous verrez. Je ne sais pas le temps que cela prendra. Petit à petit, vous vous mettrez à vivre d'une vie plus subtile, plus complexe.

— C'est rassurant.

— Par exemple, jusqu'ici, vous n'avez pas encore de vie familiale, alors que le boulevard Richard-Lenoir et Mme Maigret constituent une bonne moitié de votre existence. Vous n'avez encore fait que téléphoner là-bas, mais on vous y verra.

— En robe de chambre et en pantoufles ?

— Et même dans votre lit.

— Je porte des chemises de nuit, dis-je avec ironie.

— Je sais. Cela vous complète. Même si vous vous étiez adapté aux pyjamas, je vous aurais mis une chemise de nuit.

Je me demande comment cette conversation aurait fini — probablement par une bonne dispute — si on ne m'avait annoncé qu'un petit indicateur de la rue Pigalle demandait à me parler.

— En somme, dis-je à Simenon, au moment où il tendait la main, vous êtes content de vous.

— Pas encore, mais cela viendra.

Est-ce que je pouvais lui déclarer que je lui interdisais, désormais, de se servir de mon nom ? Légalement, oui. Et cela aurait donné lieu à ce qu'on appelle un procès bien parisien qui m'aurait couvert de ridicule.

Le personnage se serait appelé autrement. Il n'en serait pas moins resté moi, ou plus exactement ce moi simplifié qui, à en croire son auteur, allait progressivement se compliquer.

Le pis, c'est que le bougre ne se trompait pas et que, chaque mois, pendant des années, j'allais trouver dans un livre à couverture photographique un Maigret qui m'imitait de plus en plus.

Si encore cela n'avait été que dans les livres ! Le cinéma allait s'en mêler, la radio, la télévision plus tard.

C'est une drôle de sensation de voir sur l'écran, allant, venant, parlant, se mouchant, un monsieur qui prétend être vous, qui emprunte certains de vos tics, prononce des phrases que vous avez prononcées, dans des circonstances que vous avez connues, que vous avez vécues, dans des cadres qui, parfois, ont été minutieusement reconstitués.

Encore avec le premier Maigret de l'écran, Pierre Renoir, la vraisemblance était-elle à peu près respectée. Je devenais un peu plus grand, plus svelte. Le visage, bien entendu, était différent, mais certaines attitudes étaient si frappantes que je soupçonne l'acteur de m'avoir observé à mon insu.

Quelques mois plus tard, je rapetissais de vingt centimètres et, ce que je perdais en hauteur, je le gagnais en embonpoint, je devenais, sous les traits d'Abel Tarride, obèse et bonasse, si mou que j'avais l'air d'un animal en baudruche qui va s'envoler au plafond. Je ne parle pas des clins d'œil entendus par lesquels je soulignais mes propres trouvailles et mes finesses !

Je ne suis pas resté jusqu'au bout du film, et mes tribulations n'étaient pas finies.

Harry Baur était sans doute un grand acteur, mais il avait vingt bonnes années de plus que moi à cette époque, un faciès à la fois mou et tragique.

Passons !

Après avoir vieilli de vingt ans, je rajeunissais de presque autant, beaucoup plus tard, avec un certain Préjean, à qui je n'ai aucun reproche à faire pas plus qu'aux autres, mais qui ressemble beaucoup plus à certains jeunes inspecteurs d'aujourd'hui qu'à ceux de ma génération.

Tout récemment enfin, on m'a grossi à nouveau, grossi à m'en faire éclater, en même temps que je me mettais, sous les traits de Charles Laughton, à parler la langue anglaise comme ma langue maternelle.

Eh bien ! de tous ceux-là, il y en a au moins un qui a eu le goût de tricher avec Simenon et de trouver que ma vérité valait mieux que la sienne.

C'est Pierre Renoir, qui ne s'est pas vissé un chapeau melon sur la tête, mais qui a arboré un chapeau mou tout ordinaire, des vêtements comme en porte n'importe quel fonctionnaire, qu'il soit ou non de la police.

Je m'aperçois que je n'ai parlé que de détails mesquins, d'un chapeau, d'un pardessus, d'un poêle à charbon, probablement parce que ce sont ces détails-là qui m'ont choqué les premiers.

On ne s'étonne pas de devenir un homme, puis un vieillard. Mais qu'un homme coupe simplement les pointes de ses moustaches et il ne se reconnaît pas lui-même.

La vérité, c'est que j'aime mieux en finir avec ce que je considère comme de menues faiblesses avant de confronter sur le fond les deux personnages.

Si Simenon a raison, ce qui est fort possible, le mien paraîtra falot et filandreux à côté de sa fameuse vérité simplifiée — ou arrangée, — et j'aurai l'air du monsieur grincheux qui retouche lui-même son portrait.

Maintenant que j'ai commencé, par le vêtement, il faut bien que je continue, ne fût-ce que pour ma tranquillité personnelle.

Simenon m'a demandé récemment — au fait, il a changé, lui aussi, depuis le gamin rencontré chez Xavier Guichard, — Simenon m'a demandé, dis-je, l'air un peu goguenard :

— Alors ? Ce nouveau Maigret ?

J'ai essayé de lui répondre par ses paroles de jadis.

— Il se dessine ! Ce n'est encore qu'une silhouette. Un chapeau. Un pardessus. Mais c'est son vrai chapeau. Son vrai pardessus ! Petit à petit, peut-être que le reste viendra, qu'il aura des bras, des jambes, qui sait, un visage ? Peut-être même se mettra-t-il à penser tout seul, sans l'aide d'un romancier.

Au fait, Simenon a maintenant à peu près l'âge que j'avais lorsque nous nous sommes rencontrés pour la première fois. A cette époque-là, il avait tendance à me considérer comme un homme mûr et même, au fond de lui, comme un homme déjà vieux.

Je ne lui ai pas demandé ce qu'il en pensait aujourd'hui, mais je n'ai pas pu m'empêcher de remarquer :

— Savez-vous qu'avec les années vous vous êtes mis à marcher, à fumer votre pipe, voire à parler comme *votre* Maigret ?

Ce qui est vrai et ce qui me fournit, on me le concédera, une assez savoureuse vengeance.

C'est un peu comme si, sur le tard, il commençait à *se* prendre pour *moi* !

3

Où j'essayerai de parler d'un docteur barbu qui a eu son influence sur la vie de ma famille et peut-être, en fin de compte, sur le choix de ma carrière

Je ne sais pas si, cette fois, je trouverai le ton, car, ce matin, j'ai déjà rempli mon panier à papiers de pages déchirées les unes après les autres.

Et, hier soir, j'ai été sur le point d'abandonner.

Pendant que ma femme lisait ce que j'avais écrit dans la journée, je l'observais en feignant de lire mon journal, comme d'habitude, et à certain moment j'ai eu l'impression qu'elle était surprise, puis, jusqu'à la fin, elle me lança des petits coups d'œil étonnés, presque peinés.

Au lieu de me parler tout de suite, elle est allée silencieusement remettre le manuscrit dans le tiroir, et cela a pris du temps avant qu'elle prononce, en s'efforçant de rendre sa remarque aussi légère que possible :

— On dirait que tu ne l'aimes pas.

Je n'avais pas besoin de lui demander de qui elle parlait et cela a été mon tour de ne pas comprendre, de fixer sur elle mes plus gros yeux.

— Qu'est-ce que tu racontes ? m'exclamai-je. Depuis quand Simenon ne serait-il plus notre ami ?

— Oui, évidemment...

Je cherchais ce qu'elle pouvait avoir derrière la tête, essayais de me rappeler ce que j'avais écrit.

— Je me trompe peut-être, ajouta-t-elle. Je me trompe sûrement, puisque tu le dis. Mais j'ai eu l'impression, en lisant certains passages, que tu assouvissais une vraie rancune. Comprends-moi. Pas une de ces grosses rancunes qu'on avoue. Quelque chose de plus sourd, de plus...

Elle n'ajouta pas le mot, — ce que je fis pour elle : « ... de plus honteux... »

Or, Dieu sait si, en écrivant, c'était loin de mon esprit. Non seulement j'ai toujours entretenu avec Simenon des relations les plus cordiales, mais il n'a pas tardé à devenir l'ami de la famille, et nos rares déplacements d'été ont été presque tous pour aller le voir dans ses domiciles successifs, quand il vivait encore en France : en Alsace, à Porquerolles, en Charente, en Vendée, et j'en passe. Peut-être même, si, plus récemment, j'ai accepté une tournée semi-officielle qu'on m'offrait à travers les Etats-Unis, n'était-ce que parce que je savais le rencontrer en Arizona où il vivait alors.

— Je te jure... commençai-je gravement.

— Je te crois. Ce sont les lecteurs qui ne te croiront peut-être pas.

C'est ma faute, j'en suis persuadé. Je n'ai pas l'habitude de manier l'ironie et je me rends compte que je dois le faire lourdement. Or, justement, j'avais voulu traiter avec légèreté, par une sorte de pudeur, un sujet difficile, plus ou moins pénible à mon amour-propre.

Ce que j'essaie de faire, en somme, c'est ni plus ni moins que d'ajuster une image à une autre image, un personnage, non pas à son ombre, mais à son double. Et Simenon a été tout le premier à m'encourager dans cette entreprise.

J'ajoute, pour tranquilliser ma femme, qui est d'une fidélité presque sauvage dans ses amitiés, que Simenon, comme je l'ai dit hier en d'autres termes, parce que je plaisantais, n'a plus rien du jeune homme dont l'assurance agressive m'avait parfois fait tiquer, qu'au contraire c'est lui, à présent, qui est devenu volontiers taciturne, qui parle avec une certaine hésitation, surtout des sujets qui lui tiennent à cœur, craignant d'affirmer, quêtant, je le jurerais, mon approbation.

Ceci dit, vais-je encore le chiner ? Un tout

petit peu, malgré tout. Ce sera sans doute la dernière fois. L'occasion est trop belle, et je n'y résiste pas.

Dans les quelque quarante volumes qu'il a consacrés à mes enquêtes, on compterait probablement une vingtaine d'allusions à mes origines, à ma famille, quelques mots sur mon père et sur sa profession de régisseur, une mention du collège de Nantes où j'ai fait une partie de mes études, d'autres, très brèves, à mes deux années de médecine.

Or c'est le même homme à qui il a fallu près de huit cents pages pour raconter son enfance jusqu'à l'âge de seize ans. Peu importe qu'il l'ait fait sous forme de roman, que les personnages soient exacts ou non, il n'en a pas moins cru que son héros n'était complet qu'accompagné de ses parents et grands-parents, de ses oncles et de ses tantes dont il nous rapporte les travers et les maladies, les petits vices et les fibromes, et il n'y a pas jusqu'au chien de la voisine qui n'ait droit à une demi-page.

Je ne m'en plains pas, et, si je fais cette remarque, c'est une façon détournée de me défendre à l'avance de l'accusation qu'on pourrait me faire de parler des miens avec trop de complaisance.

Pour moi, un homme sans passé n'est pas tout à fait un homme. Au cours de certaines enquêtes, il m'est arrivé de consacrer plus de temps à la famille et à l'entourage d'un suspect qu'au suspect lui-même, et c'est souvent ainsi que j'ai découvert la clé de ce qui aurait pu rester un mystère.

On a dit, et c'est exact, que je suis né dans le Centre, non loin de Moulins, mais je ne me souviens pas qu'il ait été précisé que la propriété dont mon père était régisseur était une propriété de trois mille hectares sur laquelle on ne comptait pas moins de vingt-six métairies.

Non seulement mon grand-père, que j'ai connu, était un de ces métayers, mais il succédait à trois générations au moins de Maigret qui avaient labouré la même terre.

Une épidémie de typhus, alors que mon père était jeune, a décimé la famille qui comportait sept ou huit enfants, n'en laissant survivre que deux, mon père et une sœur, qui devait par la suite épouser un boulanger et aller se fixer à Nantes.

Pourquoi mon père est-il allé au lycée de Moulins, rompant ainsi avec des traditions si anciennes ? J'ai tout lieu de croire que le curé du village s'est intéressé à lui. Mais ce n'était pas la rupture avec la terre, car, après deux années dans une école d'agriculture, il est revenu au village et est entré au service du château comme aide-régisseur.

Je ressens toujours une certaine gêne à parler de lui. J'ai l'impression, en effet, que les gens se disent :

« Il a gardé de ses parents l'image qu'on s'en fait quand on est enfant. »

Et, longtemps, je me suis demandé à moi-même si je ne me trompais pas, si mon esprit critique n'était pas en défaut.

Mais il m'est arrivé de rencontrer d'autres hommes comme lui, surtout parmi ceux de sa génération, la plupart du temps dans la même condition sociale, qu'on pourrait dire inter-médiaire.

Pour mon grand-père, les gens du château, leurs droits, leurs privilèges, leur comporte-ment ne se discutaient pas. Ce qu'il en pensait au fond de lui-même, je ne l'ai jamais su. J'étais encore jeune quand il est mort. Je n'en reste pas moins persuadé, en me souvenant de certains regards, de certains silences surtout, que son approbation n'était pas passive, qu'elle n'était même pas toujours de l'appro-bation, ni de la résignation, mais qu'elle pro-cédait, au contraire, d'une certaine fierté et surtout d'un sentiment très poussé du devoir.

C'est ce sentiment-là qui a subsisté chez des hommes comme mon père, mêlé à une réserve, à un besoin de décence qui a pu faire croire à de la résignation.

Je le revois fort bien. J'ai gardé de lui des photographies. Il était très grand, très maigre, et sa maigreur était accentuée par des panta-lons étroits que des jambières de cuir recou-vraient jusqu'au-dessous des genoux. J'ai toujours vu mon père en jambières de cuir. C'était pour lui une sorte d'uniforme. Il ne portait pas la barbe, mais de longues moustaches d'un blond roux dans lesquelles, l'hiver, quand il rentrait, je sentais en l'embrassant de petits cristaux de glace.

Notre maison se dressait dans la cour du château, une jolie maison en briques roses, à un étage, qui dominait les bâtiments bas où vivaient plusieurs familles de valets, de palefreniers, de gardes, dont les femmes, pour la plupart, travaillaient au château comme blanchisseuses, comme couturières ou comme aides de cuisine.

Dans cette cour-là, mon père était une sorte de souverain à qui les hommes parlaient avec respect en retirant leur casquette.

Une fois par semaine environ, il partait en carriole, au début de la nuit, parfois dès le soir, avec un ou plusieurs métayers, pour aller vendre ou acheter des bêtes dans quelque foire lointaine dont il ne revenait que le lendemain à la tombée du jour.

Son bureau était dans un bâtiment séparé, avec, sur les murs, des photographies de bœufs et de chevaux primés, les calendriers des foires et, presque toujours, se desséchant à mesure que l'année s'avançait, la plus belle gerbe de blé récoltée sur les terres.

Vers dix heures, il traversait la cour et pénétrait dans un domaine à part. Contournant les bâtiments, il gagnait le grand perron que les paysans ne franchissaient jamais et passait un certain temps derrière les murs épais du château.

C'était pour lui, en somme, ce que le rapport du matin est pour nous à la Police Judiciaire, et, enfant, j'étais fier de le voir, très droit, sans trace de servilité, gravir les marches de ce perron prestigieux.

Il parlait peu, riait rarement, mais, quand cela lui arrivait, on était surpris de lui découvrir un rire jeune, presque enfantin, de le voir s'amuser de plaisanteries naïves.

Il ne buvait pas, contrairement à la plupart des gens que je connaissais. A chaque repas, on lui mettait à table une petite carafe qui lui était réservée, remplie à moitié d'un léger vin blanc récolté dans la propriété, et jamais je ne lui ai rien vu prendre d'autre, même aux mariages ou aux enterrements. Et, dans les foires, où il était obligé de fréquenter les auberges, on lui apportait d'office une tasse de café dont il était friand.

A mes yeux, c'était un homme, et même un homme d'un certain âge. J'avais cinq ans quand mon grand-père est mort. Quant à mes grands-parents maternels, ils habitaient à plus de cinquante kilomètres de là, et nous ne faisions le voyage que deux fois par an, de sorte que je les ai peu connus. Ce n'étaient pas des fermiers. Ils tenaient, dans un bourg assez

60

important, une épicerie flanquée, comme c'est souvent le cas à la campagne, d'une salle de café.

Je n'affirmerais pas, aujourd'hui, que cela n'a pas été la raison pour laquelle nos rapports avec la belle-famille n'étaient pas plus étroits.

J'avais un peu moins de huit ans quand j'ai fini par m'apercevoir que ma mère était enceinte. Par des phrases surprises au hasard, par des chuchotements, j'ai plus ou moins compris que l'événement était inattendu, qu'après ma naissance les médecins avaient décrété que de nouvelles couches étaient improbables.

Tout cela, je l'ai surtout reconstitué par la suite, morceau par morceau, et je suppose qu'il en est ainsi de tous les souvenirs d'enfance.

Il y avait à cette époque, au village voisin, plus important que le nôtre, un médecin à barbe rousse et pointue qu'on appelait Gadelle — Victor Gadelle, si je ne me trompe pas — dont on parlait beaucoup, presque toujours avec des airs mystérieux, et, probablement à cause de sa barbe, à cause aussi de tout ce qui se disait sur lui, je n'étais pas loin de le prendre pour une sorte de diable.

Il existait un drame dans sa vie, un vrai drame, le premier qu'il m'ait été donné de connaître et qui m'a fort impressionné, d'autant plus qu'il devait avoir une profonde influence sur notre famille, et, par là, sur toute mon existence.

Gadelle buvait. Il buvait plus que n'importe quel paysan du pays, pas seulement de temps en temps, mais tous les jours, commençant le matin, pour ne s'arrêter que le soir. Il buvait assez pour répandre, dans la chaleur d'une pièce, une odeur d'alcool que je reniflais toujours avec dégoût.

En outre, il était peu soigné de sa personne. On peut même dire qu'il était sale.

Comment, dans ces conditions, pouvait-il être l'ami de mon père ? C'était pour moi un mystère. Le fait est qu'il venait souvent le voir, bavarder avec lui dans notre maison et qu'il y avait même un rite, celui, dès son arrivée, de prendre, dans le buffet vitré, un carafon d'eau-de-vie qui ne servait guère que pour lui.

Du premier drame, je n'ai presque rien su à l'époque. La femme du Dr Gadelle a été enceinte, et cela devait être pour la sixième ou la septième fois. A mes yeux, c'était déjà une vieille femme, alors qu'elle avait probablement une quarantaine d'années.

Que s'est-il passé le jour de l'accouchement ? Il paraît que Gadelle est rentré chez lui plus ivre que d'habitude, qu'en attendant la délivrance, au chevet de sa femme, il a continué à boire.

Or l'attente a été plus longue que la normale. On avait emmené les enfants chez des voisins.

Vers le matin, comme rien ne se produisait, la belle-sœur, qui avait passé la nuit dans la maison, s'était absentée pour aller jeter un coup d'œil chez elle.

Il paraît qu'on a entendu des cris, un vacarme, des allées et venues chez le docteur.

Quand on y est entré, Gadelle pleurait dans un coin. Sa femme était morte. L'enfant aussi.

Et, longtemps après, je devais encore surprendre les commères qui se murmuraient à l'oreille, avec des mines indignées ou consternées :

— Une vraie boucherie !...

Pendant des mois, il y eut un cas Gadelle, qui faisait l'objet de toutes les conversations et qui, comme il fallait s'y attendre, divisait le pays en deux camps.

Certains — et ils étaient nombreux — allaient à la ville, ce qui était alors un vrai voyage, pour consulter un autre médecin, tandis que quelques-uns, indifférents ou confiants quand même, continuaient à appeler le docteur barbu.

Mon père ne m'a jamais fait de confidences sur ce sujet. J'en suis donc réduit aux conjectures.

Gadelle, c'est certain, n'a jamais cessé de venir nous voir. Il entrait chez nous comme par le passé, au cours de ses tournées, et le geste restait le même pour poser devant lui le fameux carafon à bord doré.

Il buvait moins, cependant. On prétendait qu'on ne le voyait plus jamais ivre. Une nuit, dans la plus lointaine des métairies, il fut appelé pour un accouchement et s'en tira honorablement. En rentrant chez lui, il passa par chez nous, et je me souviens qu'il était très pâle ; je revois mon père lui serrer la main avec une insistance qui n'était pas dans sa manière, comme pour l'encourager, comme pour lui dire : « Vous voyez que ce n'était pas désespéré. »

Car mon père ne désespérait jamais des gens. Je ne lui ai jamais entendu prononcer un jugement sans appel, même quand la brebis galeuse du domaine, un métayer fort en gueule, dont il avait dû dénoncer les malversations au château, l'avait accusé de je ne sais quelles manigances malpropres.

Il est certain que, si, après la mort de sa femme et de l'enfant, personne ne s'était trouvé pour tendre la main au docteur, c'était un homme perdu.

Mon père l'a fait. Et, quand ma mère a été enceinte, un certain sentiment qu'il m'est difficile d'expliquer, mais que je comprends, l'a obligé à aller jusqu'au bout.

Il a pourtant pris des précautions. Deux fois, dans les derniers temps de la grossesse, il a emmené ma mère à Moulins pour consulter un spécialiste.

Le terme est arrivé. Un valet d'écurie, à cheval, est allé chercher le docteur vers le milieu de la nuit. On ne m'a pas fait quitter la maison où je suis resté enfermé dans ma chambre, terriblement impressionné, bien que, comme tous les gamins de la campagne, j'aie eu très jeune une certaine connaissance de ces choses.

Ma mère est morte à sept heures du matin, alors que l'aube se levait, et, quand je suis descendu, le premier objet qui ait attiré mon regard, malgré mon émotion, a été le carafon sur la table de la salle à manger.

Je restais enfant unique. Une fille des environs est venue s'installer à la maison pour faire le ménage et prendre soin de moi. Je n'ai jamais vu, depuis, le Dr Gadelle franchir notre seuil, mais jamais non plus je n'ai entendu mon père dire un mot à son sujet.

Une période très grise, confuse, a suivi ce drame. J'allais à l'école du village. Mon père parlait de moins en moins. Il avait trente-deux ans, et ce n'est que maintenant que je me rends compte de sa jeunesse.

Je n'ai pas protesté lorsque j'eus mes douze ans et qu'il fut question de m'envoyer comme interne au lycée de Moulins, où il était impossible de me conduire chaque jour.

Je n'y suis resté que quelques mois. J'y étais

malheureux, complètement étranger dans un monde nouveau qui me paraissait hostile. Je n'en ai rien dit à mon père, qui me ramenait à la maison tous les samedis soir. Je ne me suis jamais plaint.

Il a dû comprendre, car, aux vacances de Pâques, sa sœur, dont le mari avait ouvert une boulangerie à Nantes, vint soudain nous voir, et je m'aperçus qu'il s'agissait d'un plan déjà échafaudé par correspondance.

Ma tante, qui avait le teint très rose, commençait à s'empâter. Elle n'avait pas d'enfant et s'en chagrinait.

Pendant plusieurs jours, je l'ai vue tourner maladroitement autour de moi comme pour m'apprivoiser.

Elle me parlait de Nantes, de leur maison près du port, de la bonne odeur du pain chaud, de son mari qui passait toute la nuit dans son fournil et qui dormait pendant la journée.

Elle se montrait très gaie. J'avais deviné. J'étais résigné. Ou, plus exactement, car je n'aime pas ce mot-là, j'avais accepté.

Nous avons eu, mon père et moi, une longue conversation, en nous promenant dans la campagne, un dimanche matin après la messe. C'est la première fois qu'il m'a parlé comme à un homme. Il envisageait mon avenir, l'impossibilité pour moi d'étudier au village, l'absence pour moi, si je restais interne à Moulins, de vie familiale normale.

Je sais aujourd'hui ce qu'il pensait. Il se rendait compte que la compagnie d'un homme comme lui, qui s'était replié sur lui-même et vivait le plus souvent avec ses pensées, n'était pas souhaitable pour un garçon qui, lui, attendait encore tout de la vie.

Je suis parti avec ma tante, une grosse malle tressautant derrière nous, dans la carriole qui nous conduisait à la gare.

Mon père n'a pas pleuré. Moi non plus.

C'est à peu près tout ce que je sais de lui. Pendant des années, à Nantes, j'ai été le neveu du boulanger et de la boulangère et je me suis presque habitué à un homme dont je voyais chaque jour la poitrine velue dans la lumière rougeoyante du four.

Je passais toutes mes vacances avec mon père. Je n'ose pas dire que nous étions l'un pour l'autre des étrangers. Mais j'avais ma vie personnelle, mes ambitions, mes problèmes.

C'était mon père, que j'aimais, que je respectais, mais que je n'essayais plus de comprendre. Et cela a duré des années. En est-il toujours ainsi ? J'ai une certaine tendance à le penser.

Lorsque la curiosité m'est revenue, il était trop tard pour poser les questions que j'aurais alors tant voulu poser, que je me reprochais de ne pas avoir posées quand il était encore là pour me répondre.

Mon père était mort, à quarante-quatre ans, d'une pleurésie.

J'étais un jeune homme, j'avais commencé mes études médicales. Les dernières fois que j'étais allé au château, j'avais été frappé par la roseur des pommettes de mon père, par ses yeux qui, le soir, devenaient brillants, fiévreux.

— Y a-t-il eu des tuberculeux dans la famille ? ai-je demandé un jour à ma tante.

Et elle, comme si je parlais d'une tare honteuse :

— Jamais de la vie, voyons ! Tous étaient forts comme des chênes ! Ne te souviens-tu pas de ton grand-père ?

Je m'en souvenais, justement. Je me rappelais certaine toux sèche qu'il mettait sur le compte du tabac. Et, aussi loin que je remontais dans mes souvenirs, je revoyais à mon père les mêmes pommettes sous lesquelles un feu avait l'air de couver.

Ma tante, elle aussi, avait ces roseurs-là.

— A toujours vivre dans la chaleur d'une boulangerie ! rétorquait-elle.

Elle n'en est pas moins morte du même mal que son frère, dix ans plus tard.

Quant à moi, de retour à Nantes, où je devais aller rechercher mes affaires avant de commencer une nouvelle existence, j'ai hésité longtemps avant de me présenter au domicile personnel d'un de mes professeurs et de lui demander de m'ausculter.

— Aucun danger de ce côté-là ! me rassura-t-il.

Deux jours après, je prenais le train pour Paris.

Ma femme ne m'en voudra pas, cette fois, si j'en reviens à Simenon et à l'image qu'il a créée de moi, car il s'agit de discuter un point qu'il a soulevé dans un de ses livres, un des plus récents, et qui me touche particulièrement.

C'est même un des points qui m'ont le plus chiffonné et je ne parle pas des petites questions vestimentaires ou autres que je me suis amusé à soulever.

Je ne serais pas le fils de mon père si je n'étais assez chatouilleux en ce qui concerne mon métier, ma carrière, et c'est justement de cela qu'il s'agit.

J'ai eu l'impression, parfois, l'impression désagréable, que Simenon essayait en quelque sorte de m'excuser aux yeux du public d'être entré dans la police. Et je suis certain que dans l'esprit de certains je n'ai accepté cette profession que comme un pis-aller.

Or il n'y a pas de doute, en effet, que j'avais commencé mes études de médecine et que j'avais choisi cette profession de mon plein gré, sans y être poussé par des parents plus ou moins ambitieux, comme c'est souvent le cas.

Il y avait des années que je n'y pensais plus et je ne songeais pas à me poser de questions à ce sujet quand, justement, à cause de quelques phrases écrites sur ma vocation, le problème s'est petit à petit imposé à moi.

Je n'en ai parlé à personne, pas même à ma femme. Aujourd'hui, il me faut surmonter certaines pudeurs pour mettre les choses au point ou essayer de le faire.

Dans un de ses livres donc, Simenon a parlé de « raccommodeur de destinées », et il n'a pas inventé le mot, qui est bien de moi, que j'ai dû lâcher un jour que nous bavardions ensemble.

Or je me demande si tout n'est pas venu de Gadelle, dont le drame, je m'en suis rendu compte par la suite, m'avait frappé beaucoup plus que je ne pensais.

Parce qu'il était médecin, parce qu'il avait failli, la profession médicale s'est trouvée revêtir à mes yeux un prestige extraordinaire, au point de devenir une sorte de sacerdoce.

Pendant des années, sans m'en rendre compte, j'ai essayé de comprendre le drame de cet homme aux prises avec un destin hors de sa mesure.

Et je me rappelais l'attitude de mon père à son égard, je me demandais si mon père avait compris la même chose que moi, si c'était pour cela que, quoi qu'il lui en coûtât, il lui avait laissé jouer sa chance.

De Gadelle, insensiblement, je suis passé à la plupart des gens que j'avais connus, des gens simples, presque tous, à la vie nette en apparence, et qui pourtant avaient eu un jour ou l'autre à se mesurer avec la destinée.

Qu'on n'oublie pas que ce ne sont pas des pensées d'homme fait que je m'efforce de traduire ici, mais le cheminement d'un esprit de gamin, puis d'adolescent.

La mort de ma mère m'apparaissait comme un drame tellement stupide, tellement *inutile* !

Et tous les autres drames que je connaissais, tous ces ratages me plongeaient dans une sorte de désespoir furieux.

Personne n'y pouvait-il rien ? Fallait-il admettre qu'il n'y eût pas quelque part un homme plus intelligent ou plus averti que les autres — que je voyais plus ou moins sous les traits d'un médecin de famille, d'un Gadelle qui n'aurait pas failli — capable de dire doucement, fermement :

— Vous faites fausse route. En agissant ainsi, vous allez fatalement à la catastrophe. Votre vraie place est ici et non là.

Je crois que c'est cela : j'avais l'obscur sentiment que trop de gens n'étaient pas à leur place, qu'ils s'efforçaient de jouer un rôle qui n'était pas à leur taille et que, par conséquent, la partie, pour eux, était perdue d'avance.

Qu'on n'aille surtout pas penser que je prétendais devenir un jour cette sorte de Dieu le Père.

Après avoir cherché à comprendre Gadelle, puis à comprendre le comportement de mon père à son égard, je continuais à regarder autour de moi en me posant les mêmes questions.

Un exemple qui fera sourire. Nous étions cinquante-huit dans ma classe, certaine année, cinquante-huit élèves provenant de milieux divers, avec des qualités, des ambitions, des défauts différents. Or je m'étais amusé à tracer en quelque sorte le destin idéal de tous mes condisciples et, dans mon esprit, je les appelais : « L'avocat... Le percepteur... »

Je m'ingéniais aussi tout un temps à deviner de quoi les gens qui m'approchaient finiraient par mourir.

Comprend-on mieux pourquoi j'ai eu l'idée de devenir médecin ? Le mot police, pour moi, à cette époque, n'évoquait que le sergent de ville du coin de la rue. Et, si j'avais entendu parler de police secrète, je n'avais pas la moindre idée de ce que cela pouvait être.

Et, tout à coup, je devais gagner ma vie. J'arrivai à Paris sans même une vague notion de la carrière que j'allais choisir. Etant donné mes études inachevées, je ne pouvais guère espérer d'autre chance que d'entrer dans un bureau, et c'est dans cet esprit que, sans enthousiasme, je me mis à lire les petites annonces des journaux. Mon oncle m'avait offert, mais en vain, de me garder à la boulangerie et de m'enseigner son métier.

Dans le petit hôtel où j'habitais, rive gauche, vivait, sur le même palier que moi, un homme qui m'intriguait, un homme d'une quarantaine d'années à qui je trouvais, Dieu sait pourquoi, une certaine ressemblance avec mon père.

Au physique, en effet, il était aussi différent que possible de l'homme blond et maigre, aux épaules tombantes, que j'avais toujours vu en jambières de cuir.

Il était plutôt petit, trapu, brun de poil, avec une calvitie précoce qu'il cachait en ramenant soigneusement ses cheveux vers le front, des moustaches noires aux pointes roulées au fer.

Il était toujours vêtu de noir, correctement, portait un pardessus à col de velours, qui explique certain autre pardessus, et une canne à pommeau d'argent massif.

Je crois que la ressemblance avec mon père résidait dans son maintien, dans une certaine façon de marcher sans jamais presser le pas, d'écouter, de regarder, puis, en quelque sorte, de se renfermer en lui-même.

Le hasard me fit le rencontrer dans un restaurant à prix fixe du quartier ; j'appris qu'il y prenait presque chaque jour son repas du soir et je me mis, sans raison précise, à désirer faire sa connaissance.

C'est en vain que j'essayai de deviner ce qu'il

pouvait faire dans la vie. Il devait être célibataire, puisqu'il vivait seul à l'hôtel. Je l'entendais se lever le matin, rentrer le soir à des heures irrégulières.

Il ne recevait jamais personne et, la seule fois que je le rencontrai en compagnie, il était en conversation, au coin du boulevard Saint-Michel, avec un individu qui marquait si mal qu'on l'aurait sans hésiter, à l'époque, qualifié d'apache.

J'étais sur le point de trouver une place dans une maison de passementerie de la rue des Victoires. Je devais me représenter le lendemain avec des références que j'avais demandées par écrit à mes anciens professeurs.

Ce soir-là, au restaurant, mû par je ne sais quel instinct, je me décidai à me lever de table juste au moment où mon voisin de palier remettait sa serviette dans son casier, de sorte que je me trouvai à lui tenir la porte.

Il avait dû me remarquer. Peut-être devinat-il mon désir de lui parler, car il m'accorda un regard appuyé.

— Je vous remercie, dit-il.

Puis, comme je restais debout sur le trottoir :

— Vous rentrez à l'hôtel ?

— Je crois... Je ne sais pas...

Il faisait une belle nuit d'arrière-saison. Les quais n'étaient pas loin, et on voyait la lune se lever au-dessus des arbres.

— Seul à Paris ?

— Je suis seul, oui.

Sans demander ma compagnie, il l'acceptait, l'admettait comme un fait accompli.

— Vous cherchez du travail ?

— Comment le savez-vous ?

Il ne se donna pas la peine de répondre et glissa un cachou entre ses lèvres. Je devais comprendre bientôt pourquoi. Il était affligé d'une mauvaise haleine et le savait.

— Vous venez de province ?

— De Nantes, mais je suis originaire de la campagne.

Je lui parlais avec confiance. C'était à peu près la première fois, depuis que j'étais à Paris, que je trouvais un compagnon, et son silence ne me gênait pas du tout, sans doute parce que j'étais habitué aux silences bienveillants de mon père.

Je lui avais raconté presque toute mon histoire quand nous nous sommes trouvés quai des Orfèvres, de l'autre côté du pont Saint-Michel.

Devant une grande porte entr'ouverte, il s'arrêta, me dit :

— Voulez-vous m'attendre un instant ? Je n'en ai que pour quelques minutes.

Un agent de police en uniforme était en faction à la porte. Après avoir fait un moment les cent pas, je lui demandai :

— N'est-ce pas le Palais de Justice ?

— Cette entrée est celle des locaux de la Sûreté.

Mon voisin de palier s'appelait Jacquemain. Il était célibataire, en effet, je l'appris ce soir-là pendant que nous déambulions le long de la Seine, franchissant plusieurs fois les mêmes ponts, avec, presque toujours, la masse du Palais de Justice qui nous dominait.

Il était inspecteur de police et me parla de son métier, brièvement comme mon père l'aurait fait du sien, avec la même fierté sous-jacente.

Il a été tué trois ans plus tard, avant que j'accède moi-même à ces bureaux du quai des Orfèvres devenus prestigieux à mes yeux. Cela s'est passé du côté de la Porte d'Italie, au cours d'une rixe. Une balle, qui ne lui était même pas destinée, l'a frappé en pleine poitrine.

Sa photographie existe encore, avec d'autres, dans un de ces cadres noirs surmontés de la mention : « Mort pour le service. »

Il m'a peu parlé. Il m'a surtout écouté. Ce qui ne m'a pas empêché, vers onze heures du soir, de lui dire d'une voix tremblante d'impatience :

— Vous croyez vraiment que c'est possible ?

— Je vous donnerai une réponse demain soir.

Il ne s'agissait pas, évidemment, d'entrer de plain-pied à la Sûreté. Ce n'était pas encore l'époque des diplômes, et chacun devait commencer dans le rang.

Ma seule ambition était d'être accepté, à n'importe quel titre, dans un des commissariats de Paris, d'être admis à découvrir moi-même une face du monde que l'inspecteur Jacquemain n'avait fait que me laisser entrevoir.

Au moment de nous quitter, sur le palier de notre hôtel, qui a été démoli depuis, il me demanda :

— Cela vous ennuierait beaucoup de porter l'uniforme ?

J'ai eu un petit choc, je l'avoue, une courte hésitation qui ne lui a pas échappé et qui n'a pas dû lui faire plaisir.

— Non... ai-je répondu à voix basse.

Et je l'ai porté, pas longtemps, sept ou huit mois. Comme j'avais de longues jambes et que j'étais très maigre, très rapide, si étrange que cela puisse paraître aujourd'hui, on m'a donné un vélo et, pour m'apprendre à connaître un Paris où je me perdais sans cesse, on m'a chargé de délivrer les plis dans les différents bureaux officiels.

Simenon a-t-il raconté ça ? Je ne m'en souviens pas. Pendant des mois, juché sur ma bicyclette, je me suis faufilé entre les fiacres et les omnibus à impériale, encore traînés par des chevaux, qui, surtout quand ils dévalaient de Montmartre, me faisaient une peur épouvantable.

Les fonctionnaires portaient encore des redingotes et des chapeaux hauts de forme et, à partir d'un certain grade, arboraient la jaquette.

Les agents, pour la plupart, étaient des hommes d'un certain âge, au nez souvent rougeoyant, qu'on voyait boire le coup sur le zinc avec les cochers et dont les chansonniers se moquaient sans vergogne.

Je n'étais pas marié. Mon uniforme me gênait pour faire la cour aux jeunes filles, et je décidai que ma vraie vie ne commencerait que le jour où j'entrerais non plus comme messager porteur de plis officiels, mais comme inspecteur, par le grand escalier, dans la maison du quai des Orfèvres.

Lorsque je lui parlai de cette ambition, mon voisin de palier ne sourit pas, me regarda d'un air rêveur et murmura :

— Pourquoi pas ?

Je ne savais pas que j'irais si tôt à son enterrement. Mes pronostics sur les destinées humaines laissaient à désirer.

4

Où je mange les petits fours d'Anselme et Géral-dine au nez et à la barbe des Ponts et Chaussées

Est-ce que mon père, mon grand-père se sont jamais demandé s'ils auraient pu être autre chose que ce qu'ils étaient ? Avaient-ils eu d'autres ambitions ? Enviaient-ils un sort différent du leur ?

C'est drôle d'avoir vécu si longtemps avec les gens et de ne rien savoir de ce qui paraîtrait aujourd'hui essentiel. Je me suis souvent posé la question, avec l'impression d'être à cheval entre deux mondes totalement étrangers l'un à l'autre.

Nous en avons parlé, il n'y a pas si longtemps, Simenon et moi, dans mon appartement du boulevard Richard-Lenoir. Je me demande si ce n'était pas la veille de son départ pour les Etats-Unis. Il était tombé en arrêt devant la photographie agrandie de mon père, qu'il a pourtant vue pendant des années au mur de la salle à manger.

Tout en l'examinant avec une attention particulière, il me lançait de petits coups d'œil scrutateurs, comme s'il cherchait à établir des comparaisons, et cela le rendait rêveur.

— En somme, finit-il par dire, vous êtes né, Maigret, dans le milieu idéal, au moment idéal de l'évolution d'une famille, pour faire un grand commis, comme on disait jadis, ou, si vous préférez, un fonctionnaire de grande classe.

Cela m'a frappé, parce que j'y avais déjà pensé, d'une façon moins précise, surtout moins personnelle, j'avais noté le nombre de mes collègues qui provenaient de familles paysannes ayant depuis peu perdu le contact direct avec la terre.

Simenon continuait, avec presque l'air de le regretter, de m'envier :

— Moi, je suis en avant d'une génération. Il faut que je remonte à mon grand-père pour trouver l'équivalent de votre père. Mon père, lui, était déjà à l'étage fonctionnaire.

Ma femme le regardait avec attention, s'efforçant de comprendre, et il prit un ton plus léger pour ajouter :

— Normalement, j'aurais dû accéder aux professions libérales par la petite porte, par le bas, peiner pour devenir médecin de quartier, avocat ou ingénieur. Ou alors...

— Alors quoi ?

— Etre un aigri, un révolté. C'est la majorité, nécessairement. Sinon, il y aurait pléthore de médecins et d'avocats. Je crois que je suis de la souche qui fournit le plus grand nombre de ratés.

Je ne sais pas pourquoi cette conversation me revient tout à coup. C'est probablement parce que j'évoque mes années de début et que j'essaie d'analyser mon état d'esprit à cette époque-là.

J'étais seul au monde. Je venais d'arriver dans un Paris que je ne connaissais pas et où la richesse s'étalait plus ostensiblement qu'aujourd'hui.

Deux choses frappaient : cette richesse, d'une part, et, d'autre part, la pauvreté ; et j'étais du second côté.

Tout un monde vivait, sous les yeux de la foule, une vie d'oisiveté raffinée, et les journaux rendaient compte des faits et gestes de ces gens-là qui n'avaient d'autres préoccupations que leurs plaisirs et leurs vanités.

Or pas un moment je n'ai eu la tentation de me rebeller. Je ne les enviais pas. Je n'espérais pas leur ressembler un jour. Je ne comparais pas mon sort au leur.

Pour moi, ils faisaient partie d'un monde aussi différent que celui d'une autre planète.

Je me souviens que j'avais alors un appétit insatiable, qui était déjà légendaire lorsque j'étais enfant. A Nantes, ma tante racontait volontiers qu'elle m'avait vu manger, en rentrant du lycée, un pain de quatre livres, ce qui ne m'avait pas empêché de dîner deux heures plus tard.

Je gagnais très peu d'argent, et mon grand souci était de satisfaire cet appétit qui était en moi ; le luxe ne m'apparaissait pas aux terrasses des cafés célèbres des boulevards, ni aux vitrines de la rue de la Paix, mais, plus prosaïquement, à l'étalage des charcuteries.

Je connaissais, sur les chemins que j'avais l'habitude de prendre, un certain nombre de charcuteries qui me fascinaient et, du temps où je circulais encore dans Paris en uniforme, juché sur ma bicyclette, je calculais mon temps pour gagner les quelques minutes nécessaires à y acheter et à dévorer sur le trottoir un morceau de saucisson ou une tranche de pâté, avec un petit pain pris à la boulangerie d'à côté.

L'estomac satisfait, je me sentais heureux, plein de confiance en moi. Je faisais mon métier en conscience. J'attachais de l'importance aux moindres tâches qui m'étaient confiées. Et il n'était même pas question d'heures supplémentaires. Je considérais que tout mon temps appartenait à la police, et cela me semblait tout naturel qu'on me tienne au travail quatorze ou quinze heures d'affilée.

Si j'en parle, ce n'est pas pour me donner du mérite, c'est au contraire, justement, parce qu'autant que je me rappelle c'était un état d'esprit courant à l'époque.

Peu de sergents de ville avaient un autre bagage qu'une instruction primaire. A cause de l'inspecteur Jacquemain, on savait, en haut lieu mais moi je ne savais pas encore qui savait, ni même qu'on savait, que j'avais commencé des études supérieures.

Après quelques mois, je fus fort surpris de me voir désigné pour un poste qui m'apparaissait comme inespéré : celui de secrétaire du commissaire de police du quartier Saint-Georges.

Ce métier-là, pourtant, à l'époque, avait un nom peu reluisant. Cela s'appelait être le chien du commissaire.

On me retirait mon vélo, mon képi et mon uniforme. On me retirait aussi la possibilité de m'arrêter à une charcuterie au cours de mes missions à travers les rues de Paris.

J'ai particulièrement apprécié le fait d'être en civil le jour où, passant sur le trottoir du boulevard Saint-Michel, j'entendis une voix me héler.

C'était un grand garçon en blouse blanche qui courait après moi.

— Jubert ! m'écriai-je.

— Maigret !

— Qu'est-ce que tu fais ici ?

— Et toi ?

— Ecoute. Je n'ose pas rester dehors maintenant. Viens me prendre à sept heures à la porte de la pharmacie.

Jubert, Félix Jubert, était un des camarades à l'école de médecine de Nantes. Je savais qu'il avait interrompu ses études en même temps que moi, mais, je crois, pour d'autres raisons. Sans être un cancre, il avait l'esprit assez lent, et je me souviens qu'on disait de lui :

— Il étudie à s'en faire pousser des boutons sur la tête, mais il n'en sait pas davantage le lendemain.

Il était très long, osseux, avec un grand nez, de gros traits, des cheveux roux, et je l'ai toujours connu le visage couvert, non pas de ces petits boutons d'acné qui désespèrent les jeunes gens, mais de gros boutons rouges ou violets qu'il passait son temps à couvrir de pommades et de poudres médicamenteuses.

Je suis venu l'attendre le soir même à la pharmacie où il travaillait depuis quelques semaines. Il n'avait pas de famille à Paris. Il vivait, du côté du Cherche-Midi, chez des gens qui prenaient deux ou trois pensionnaires.

— Et toi, qu'est-ce que tu fais ?

— Je suis entré dans la police.

Je revois ses yeux violets, clairs comme des yeux de jeune fille, qui essayaient de cacher leur incrédulité. Sa voix était toute drôle tandis qu'il répétait :

— La police ?

Il regardait mon complet, cherchait malgré

lui de l'œil l'agent en faction au coin du boulevard, comme pour établir une comparaison.

— Je suis secrétaire du commissaire.

— Ah ! bon. Je comprends !

Est-ce par respect humain ? N'est-ce pas
plutôt par incapacité de m'expliquer et à cause
de son incapacité à comprendre ? Je ne lui
avouai pas que, trois semaines plus tôt, je
portais encore l'uniforme et que mon ambition était d'entrer à la Sûreté.

Secrétaire, à ses yeux, aux yeux de beaucoup
de gens, c'était parfait, c'était honorable ;
j'étais bien propre, dans un bureau, devant
des livres, un porte-plume à la main.

— Tu as beaucoup d'amis à Paris ?

En dehors de l'inspecteur Jacquemain, je ne
connaissais pour ainsi dire personne, car, au
commissariat, j'étais encore un nouveau qu'on
observait avant de se livrer à lui.

— Pas de petite amie non plus ? Qu'est-ce
que tu fais de tout ton temps libre ?

D'abord, je n'en avais pas beaucoup.
Ensuite, j'étudiais, car, pour atteindre plus vite
mon but, j'étais décidé à passer les examens
qui venaient d'être institués.

Nous avons dîné ensemble, ce soir-là. Dès le
dessert, il me disait, d'un air prometteur :

— Il faudra que je te présente.

— A qui ?

— A des gens très bien. Des amis. Tu verras.

Il ne s'expliqua pas davantage le premier

jour. Et, je ne sais plus pourquoi, nous sommes restés plusieurs semaines sans nous revoir. J'aurais pu ne pas le revoir du tout. Je ne lui pas donné mon adresse. Je n'avais pas la sienne. L'idée ne me venait pas d'aller l'attendre à la sortie de sa pharmacie.

C'est le hasard, encore, qui nous mit face à face, à la porte du Théâtre-Français, où nous faisions tous les deux la queue.

— C'est bête ! me dit-il. Je croyais t'avoir perdu. Je ne sais même pas à quel commissariat tu travailles. J'ai parlé de toi à mes amis.

Il avait une façon de parler de ces amis-là qui aurait pu laisser supposer qu'il s'agissait d'un clan tout à fait à part, presque d'une secte mystérieuse.

— Tu as un habit, au moins ?

— J'en ai un.

Il était inutile d'ajouter que c'était l'habit de mon père, quelque peu démodé, puisqu'il lui avait servi à son mariage, que j'avais fait arranger à ma taille.

— Vendredi, je t'emmènerai. Arrange-toi pour être libre sans faute vendredi soir à huit heures. Tu sais danser ?

— Non.

— Cela ne fait rien. Mais il serait préférable que tu prennes quelques leçons. Je connais un bon cours, pas cher. J'y suis allé.

Cette fois, il avait pris note de mon adresse et même du petit restaurant où j'avais l'habitude de dîner quand je n'étais pas de service, et le vendredi soir il était dans ma chambre, assis sur mon lit, pendant que je m'habillais.

— Il faut que je t'explique, afin que tu ne fasses pas de gaffes. Nous serons les seuls, toi et moi, à ne pas appartenir aux Ponts et Chaussées. C'est un vague cousin à moi, que j'ai retrouvé par hasard, qui m'a introduit. M. et Mme Léonard sont charmants. Leur nièce est la plus délicieuse des jeunes filles.

J'ai compris tout de suite qu'il en était amoureux et que c'était pour me montrer l'objet de sa flamme qu'il m'emmenait presque de force.

— Il y en a d'autres, n'aie pas peur, me promit-il. De très agréables.

Comme il pleuvait et qu'il importait de ne pas arriver crottés, nous avions pris un fiacre, le premier fiacre que j'ai pris à Paris sans une raison professionnelle. Je revois nos plastrons blancs quand nous passions devant les becs de gaz. Et je revois Félix Jubert arrêter la voiture devant une boutique de fleuriste afin de garnir nos boutonnières.

— Le vieux monsieur Léonard, m'expliquait-il, Anselme, comme on l'appelle, est à la retraite depuis une dizaine d'années. Avant cela, c'était un des plus hauts fonctionnaires des Ponts et Chaussées, et il arrive encore que ses successeurs viennent le consulter. Le père de sa nièce appartient, lui aussi, à l'adminis-

87

tration des Ponts et Chaussées. Et pour ainsi dire toute leur famille.

A sa façon de parler de cette administration-là, on sentait que, pour Jubert, c'était en quelque sorte le paradis perdu, qu'il aurait tout donné pour n'avoir pas dilapidé de précieuses années à étudier la médecine et pour se lancer à son tour dans la carrière.

— Tu verras !

Et je vis. C'était boulevard Beaumarchais, pas loin de la place de la Bastille, dans un immeuble déjà vieux, mais confortable, assez cossu. Toutes les fenêtres du troisième étage étaient éclairées, et le regard de Jubert, en descendant du fiacre, m'indiqua clairement que c'était là qu'allaient se dérouler les mondanités annoncées.

Je n'étais pas très à mon aise. Je regrettais de m'être laissé emmener. Mon col à pointes cassées me gênait ; j'avais l'impression que ma cravate se mettait sans cesse de travers et qu'une des queues de mon habit avait tendance à se redresser comme le panache d'un coq.

L'escalier était peu éclairé, les marches couvertes d'un tapis cramoisi qui me parut somptueux. Et, aux fenêtres des paliers, il y avait des vitraux que je considérai longtemps comme le dernier mot en matière de raffinement.

Jubert avait étendu une couche plus épaisse d'onguent sur son visage boutonneux, et je ne sais pourquoi, cela lui donnait des reflets violets. Il tira religieusement un gros gland en passementerie qui pendait devant une porte. Nous entendions, à l'intérieur, un murmure de conversations, avec ce rien d'aigu dans les voix et dans les rires qui indique l'animation d'une réunion mondaine.

Une bonne en tablier blanc vint nous ouvrir, et Félix, tendant son pardessus, fut tout heureux de prononcer, comme un familier des lieux :

— Bonsoir, Clémence.

— Bonsoir, monsieur Félix.

Le salon était assez grand, pas très éclairé, avec une profusion de tentures sombres et, dans la pièce voisine, visible par une large baie vitrée, les meubles avaient été poussés contre les murs de façon à laisser le parquet libre pour les danses.

Protecteur, Jubert me conduisait vers une vieille dame à cheveux blancs assise à côté de la cheminée.

— Je vous présente mon ami Maigret, de qui j'ai eu l'honneur de vous entretenir et qui brûlait du désir de vous apporter personnellement ses hommages.

Sans doute avait-il répété sa phrase tout le long du chemin et s'assurait-il que je saluais convenablement, que je n'étais pas trop embarrassé, qu'en somme je lui faisais honneur.

La vieille dame était délicieuse, menue, les traits fins, le visage vif, mais je fus dérouté quand elle me dit avec un sourire :

— Pourquoi n'appartenez-vous pas aux Ponts et Chaussées ? Je suis sûre qu'Anselme va le regretter.

Elle s'appelait Géraldine. Anselme, son mari, était assis dans un autre fauteuil, tellement immobile qu'on semblait l'avoir apporté là, d'une pièce, pour l'exposer comme une figure de cire. Il était très vieux. J'ai appris plus tard qu'il avait largement dépassé les quatre-vingts ans et que Géraldine les avait atteints.

Quelqu'un jouait du piano en sourdine, un gros garçon boudiné dans son habit à qui une jeune fille en bleu pâle tournait les pages. Je ne la voyais que de dos. Quand on me présenta à elle, je n'osais pas la regarder en face tant j'étais dérouté d'être là, à ne savoir que dire ni où me mettre.

On n'avait pas commencé à danser. Sur un guéridon, il y avait un plateau avec des petits fours secs, et un peu plus tard, comme Jubert m'abandonnait à mon sort, je m'en approchai, je ne sais pas encore aujourd'hui pourquoi, pas par gourmandise, certainement, car je n'avais pas faim et je n'ai jamais aimé les petits fours, probablement par contenance.

J'en pris un machinalement. Puis un autre. Quelqu'un fit :

— Chut !...

Et une seconde jeune fille, en rose celle-ci, qui louchait légèrement, se mit à chanter, debout à côté du piano, auquel elle s'appuyait d'une main tandis que de l'autre elle maniait un éventail.

Je mangeais toujours. Je ne m'en rendais pas compte. Je me rendais encore moins compte que la vieille dame m'observait avec stupeur, puis que d'autres, remarquant mon manège, ne détachaient plus de moi leur regard.

Un des jeunes gens fit à mi-voix une remarque à son voisin et on entendit à nouveau :

— Chut !...

On pouvait compter les jeunes filles par les taches claires parmi les habits noirs. Il y en avait quatre. Jubert, paraît-il, essayait d'attirer mon attention sans y parvenir, malheureux, de me voir saisir les petits fours un à un et les manger consciencieusement. Il m'a avoué plus tard qu'il avait eu pitié de moi, qu'il était persuadé que je n'avais pas dîné.

D'autres ont dû le penser. La chanson était finie. La jeune fille en rose saluait, et tout le monde applaudissait ; c'est alors que je m'aperçus que c'était moi qu'on regardait, debout que j'étais à côté du guéridon, la bouche pleine, un petit gâteau à la main.

J'ai failli m'en aller sans m'excuser, battre en retraite, fuir littéralement cet appartement où s'agitait un monde qui m'était si totalement étranger.

A ce moment-là, dans la pénombre, j'aperçus un visage, le visage de la jeune fille en bleu, et, sur ce visage, une expression douce, rassurante, presque familière. On aurait dit qu'elle avait compris, qu'elle m'encourageait.

La bonne entrait avec des rafraîchissements, et, après avoir tant mangé, à contretemps, je n'osai pas prendre un verre alors qu'on m'en offrait.

— Louise, tu devrais passer les petits fours.

C'est ainsi que j'appris que la jeune fille en bleu s'appelait Louise et qu'elle était la nièce de M. et Mme Léonard.

Elle servit tout le monde avant de s'approcher de moi et, me désignant je ne sais quels gâteaux sur lesquels il y avait un petit morceau de fruit confit, me dit avec un regard complice :

— Ils ont laissé les meilleurs. Goûtez ceux-là.

Je ne trouvai à répondre que :

— Vous croyez ?

Ce furent les premiers mots que nous échangeâmes, Mme Maigret et moi.

Tout à l'heure, quand elle lira ce que je suis en train d'écrire, je sais fort bien qu'elle va murmurer en haussant les épaules :

— A quoi bon raconter ça ?

Au fond, elle est enchantée de l'image que Simenon a tracée d'elle, l'image d'une bonne « mémère », toujours à ses fourneaux, toujours astiquant, toujours chouchoutant son grand bébé de mari. C'est même à cause de cette image, je le soupçonne, qu'elle a été la première à lui vouer une réelle amitié, au point de le considérer comme de la famille et de le défendre quand je ne songe pas à l'attaquer.

Or, comme tous les portraits, celui-là est loin d'être exact. Lorsque je l'ai rencontrée, ce fameux soir, c'était une jeune fille un peu dodue, au visage très frais, avec, dans le regard, un pétillement qu'on ne voyait pas dans celui de ses amies.

Que se serait-il passé si je n'avais pas mangé les gâteaux ? Il est fort possible qu'elle ne m'aurait pas remarqué parmi la douzaine de jeunes gens qui étaient là et qui tous, sauf mon ami Jubert, appartenaient aux Ponts et Chaussées.

Ces trois mots : « Ponts et Chaussées », ont gardé pour nous un sens presque comique, et il suffit qu'un de nous les prononce pour nous faire sourire ; si nous les entendons quelque part, nous ne pouvons, maintenant encore, nous empêcher de nous regarder d'un air entendu.

Il faudrait, pour bien faire, donner ici toute la généalogie des Schoëller, des Kurt et des

Léonard, dans laquelle je me suis longtemps embrouillé, et qui représente la famille « du côté de ma femme », comme nous disons.

Si vous allez en Alsace, de Strasbourg à Mulhouse, vous en entendrez probablement parler. C'est un Kurt, je crois, de Scharrach-bergheim, qui a été le premier, sous Napoléon, à établir la tradition quasi dynastique des Ponts et Chaussées. Il paraît qu'il a été fameux en son temps, s'est allié à des Schoëller qui appartenaient à la même administration.

Les Léonard, à leur tour, sont entrés dans la famille, et depuis, de père en fils, de frère en beau-frère ou en cousin, tout le monde, ou presque, fait partie du même corps, au point qu'on a considéré comme une déchéance le fait qu'un Kurt soit devenu un des plus gros brasseurs de Colmar.

Tout cela, ce soir-là, je ne faisais encore que le deviner, grâce aux quelques indications que Jubert m'avait données.

Et, quand nous sommes sortis, par une pluie battante, négligeant cette fois de prendre un fiacre que nous aurions d'ailleurs eu de la peine à trouver dans le quartier, je n'étais pas loin de regretter à mon tour d'avoir mal choisi ma carrière.

— Qu'est-ce que tu en dis ?

— De quoi ?

— De Louise ! Je ne veux pas te faire de reproches. La situation n'en était pas moins embarrassante. Tu as vu avec quel tact elle t'a mis à l'aise, sans en avoir l'air ? C'est une jeune fille étonnante. Alice Perret est plus brillante, mais...

Je ne savais qui était Alice Perret. De toute la soirée, je n'avais connu que la jeune fille en bleu pâle qui, entre les danses, venait bavarder avec moi.

— Alice est celle qui a chanté. Je crois qu'elle ne tardera pas à se fiancer avec le garçon qui l'a accompagnée, Louis, dont les parents sont très riches.

Nous nous sommes quittés très tard, cette nuit-là. A chaque ondée, nous entrions dans quelque bistro encore ouvert pour boire un café et nous mettre à l'abri. Félix ne consentait pas à me lâcher, me parlant d'abondance de Louise, essayant de me forcer à reconnaître que c'était la jeune fille idéale.

— Je sais que je n'ai pas beaucoup de chances. C'est parce que ses parents voudraient lui trouver un mari dans les Ponts et Chaussées qu'ils l'ont envoyée chez son oncle Léonard. Tu comprends, il n'y en a plus de disponibles à Colmar ou à Mulhouse, ou alors ils appartiennent déjà à la famille. Voilà deux mois qu'elle est arrivée. Elle doit passer toute l'hiver à Paris.

— Elle le sait ?

— Quoi ?

— Qu'on lui cherche un mari dans les Ponts et Chaussées.

— Bien entendu. Mais cela lui est égal. C'est une jeune fille très personnelle, beaucoup plus que tu ne peux le penser. Tu n'as pas eu le temps de l'apprécier. Vendredi prochain, tu essayeras de lui parler davantage. Si tu dansais, ce serait déjà plus facile. Pourquoi, d'ici là, ne prendrais-tu pas deux ou trois leçons ?

Je ne pris pas de leçons de danse. Heureusement. Car Louise, contrairement à ce que pensait le brave Jubert, ne détestait rien autant que de tournoyer au bras d'un cavalier.

C'est à deux semaines de là que se passa un petit incident auquel, sur le moment, j'attachai une grande importance et qui en eut peut-être, mais dans un sens différent.

Les jeunes ingénieurs qui fréquentaient chez les Léonard formaient une bande à part, affectaient d'employer entre eux des mots qui n'avaient de sens que pour les gens de leur confrérie.

Est-ce que je les détestais ? C'est probable. Et je n'aimais pas leur obstination à m'appeler le commissaire de police. C'était devenu un jeu qui me lassait.

— Hé ! commissaire... me lançait-on d'un bout à l'autre du salon.

Or, cette fois-là, alors que Jubert et Louise bavardaient dans un coin, près d'une plante verte que je revois encore, un petit jeune homme à lunettes s'approcha d'eux et leur confia quelque chose à voix basse, avec un coup d'œil amusé dans ma direction.

Quelques instants plus tard, je demandai à mon ami :

— Qu'est-ce qu'il a raconté ?

Et lui, gêné, évasif :

— Rien.

— Une méchanceté ?

— Je t'en parlerai dehors.

Le garçon à lunettes répéta son manège dans d'autres groupes, et tout le monde semblait beaucoup s'amuser à mes dépens.

Tout le monde sauf Louise, qui, ce soir-là, refusa plusieurs danses, qu'elle passa à causer avec moi.

Une fois dehors, je questionnai Félix.

— Qu'est-ce qu'il a dit ?

— Réponds-moi d'abord franchement. Qu'est-ce que tu faisais avant d'être secrétaire du commissaire ?

— Mais... J'étais dans la police...

— Avec un uniforme ?

Voilà ! C'était la grosse affaire. Le type à lunettes avait dû me reconnaître pour m'avoir vu en tenue de sergent de ville.

Imaginez maintenant un agent de police parmi ces messieurs des Ponts et Chaussées !

— Qu'est-ce qu'elle a dit ? demandai-je, la gorge serrée.

— Elle a été très chic. Elle est toujours très

chic. Tu ne veux pas me croire, mais tu verras...

Pauvre vieux Jubert !

— Elle lui a répliqué que l'uniforme t'allait certainement beaucoup mieux qu'il ne lui aurait été à lui.

Je ne suis quand même pas allé boulevard Beaumarchais le vendredi suivant. J'ai évité de rencontrer Jubert. C'est lui qui, à quinze jours de là, est venu me relancer.

— A propos, on s'est inquiété de toi, vendredi.

— Qui ?

— Mme Léonard. Elle m'a demandé si tu étais malade.

— J'ai été très occupé.

J'étais sûr que, si Mme Léonard avait parlé de moi, c'était parce que sa nièce...

Allons ! Je ne crois pas utile d'entrer dans ces détails-là. Je vais déjà avoir assez de mal à obtenir que tout ce que je viens d'écrire n'aille pas au panier.

Pendant près de trois mois, Jubert a joué son rôle sans se douter de rien, sans d'ailleurs que nous essayions de le tromper le moins du monde. C'était lui qui venait me chercher à mon hôtel et qui me faisait mon nœud de cravate sous prétexte que je ne savais pas m'habiller. C'était lui encore qui me disait, quand il me voyait seul dans un coin du salon :

— Tu devrais t'occuper de Louise. Tu n'es pas poli.

C'était lui qui, quand nous sortions, insistait :

— Tu as tort de croire que tu ne l'intéresses pas. Elle t'aime beaucoup, au contraire. Elle me pose toujours des questions à ton sujet.

Vers Noël, l'amie qui louchait s'est fiancée avec le pianiste, et on a cessé de les voir boulevard Beaumarchais.

Je ne sais pas si l'attitude de Louise commençait à décourager les autres, si nous étions moins discrets que nous croyions l'être. Toujours est-il que, chaque vendredi, l'assistance était un peu moins nombreuse chez Anselme et Géraldine.

La grande explication avec Jubert eut lieu en février, dans ma chambre. Ce vendredi-là, il n'était pas en habit, je le remarquai tout de suite. Il avait l'air amer et résigné de certains grands rôles de la Comédie-Française.

— Je suis venu *quand même* faire ton nœud de cravate ! me dit-il avec un rictus.

— Tu n'es pas libre ?

— Je suis complètement libre, au contraire, libre comme l'air, libre comme je ne l'ai jamais été.

Et, debout devant moi, ma cravate blanche à la main, son regard plongeant dans le mien :

— Louise m'a tout dit.

Je tombai des nues. Car, à moi, elle n'avait

encore rien dit. Je ne lui avais rien dit non plus.

— De quoi veux-tu parler ?

— De toi et d'elle.

— Mais...

— Je lui ai posé la question. Je suis allé la voir exprès, hier.

— Mais quelle question ?

— Je lui ai demandé si elle voulait m'épouser.

— Elle t'a répondu que non ?

— Elle m'a répondu que non, qu'elle m'aimait beaucoup, que je resterais toujours son meilleur ami, mais que...

— Elle t'a parlé de moi ?

— Pas précisément.

— Alors ?

— J'ai compris ! J'aurais dû comprendre dès le premier soir, quand tu mangeais les petits fours et qu'elle te regardait avec indulgence. Quand les femmes regardent avec cette indulgence-là un homme qui se comporte comme tu le faisais...

Pauvre Jubert ! Nous l'avons perdu de vue presque tout de suite, comme nous avons perdu de vue tous ces messieurs des Ponts et Chaussées, en dehors de l'oncle Léonard.

Pendant des années, nous n'avons pas su ce qu'il était devenu. Et j'avais près de cinquante ans quand, un jour, sur la Canebière, à Marseille, j'entrai dans une pharmacie pour acheter de l'aspirine. Je n'avais pas lu le nom sur la devanture. J'entendis une exclamation :

— Maigret !

— Jubert !

— Qu'est-ce que tu deviens ? Je suis bête de te poser la question puisque je le sais depuis longtemps par les journaux. Comment va Louise ?

Puis il me parla de son fils aîné qui, par une gentille ironie du sort, préparait son examen des Ponts et Chaussées.

Avec Jubert en moins boulevard Beaumarchais, les soirées du vendredi devenaient de plus en plus clairsemées et souvent, maintenant, il n'y avait personne pour tenir le piano. Dans ces occasions-là, c'était Louise qui jouait et moi qui tournais les pages pendant qu'un couple ou deux dansaient dans la salle à manger devenue trop grande.

Je ne crois pas avoir demandé à Louise si elle acceptait de m'épouser. La plupart du temps, nous parlions de ma carrière, de la police, du métier d'inspecteur.

Je lui dis combien je gagnerais quand je serais enfin nommé au quai des Orfèvres, ajoutant que cela prendrait encore au moins trois ans et que, jusque-là, mon traitement serait insuffisant pour entretenir dignement un ménage.

Je lui racontai aussi les deux ou trois entrevues que j'avais eues avec Xavier Guichard, déjà le grand patron, qui n'avait pas oublié mon père et m'avait plus ou moins pris sous sa protection.

— Je ne sais pas si vous aimez Paris. Car, vous comprenez, je serai obligé de passer toute ma vie à Paris.

— On peut y mener une existence aussi tranquille qu'en province, n'est-ce pas ?

Enfin, un vendredi, je ne trouvai aucun des invités, seulement Géraldine qui vint m'ouvrir elle-même la porte, vêtue de soie noire, et qui me dit avec une certaine solennité :

— Entrez !

Louise n'était pas dans le salon. Il n'y avait pas de plateau avec des gâteaux, pas de rafraîchissements. Le printemps était venu, et on ne voyait pas non plus de feu dans l'âtre. Il me semblait qu'il y avait rien à quoi me raccrocher et j'avais gardé mon chapeau à la main, gêné de mon habit, de mes escarpins vernis.

— Dites-moi, jeune homme, quelles sont vos intentions ?

Cela a probablement été un des moments les plus pénibles de ma vie. La voix me paraissait sèche, accusatrice. Je n'osais pas lever les yeux et ne voyais, sur le tapis à ramages, que le bord d'une robe noire, le bout d'une chaussure très pointue qui dépassait. Mes oreilles devinrent rouges.

— Je vous jure... balbutiai-je.

— Je ne vous demande pas de jurer. Je vous demande si vous avez l'intention de l'épouser.

Je la regardai enfin et je crois n'avoir jamais vu un visage de vieille femme exprimer autant d'affectueuse malice.

— Mais bien sûr !

Il paraît — on me l'a assez raconté par la suite — que je me levai comme un diable à ressort, que je répétai d'une voix plus forte :

— Bien sûr !

Que je criai presque, une troisième fois :

— Bien sûr, voyons !

Elle n'éleva même pas la voix pour appeler :

— Louise !

Et celle-ci, qui se tenait derrière une porte entr'ouverte, entra, toute gauche, aussi rouge que moi.

— Qu'est-ce que je t'avais dit ? prononça la tante.

— Pourquoi ? intervins-je. Elle ne le croyait pas ?

— Je n'étais pas sûre. C'est tante...

Passons, car je suis persuadé que la censure conjugale couperait le passage.

Le vieux Léonard, lui, je dois le dire, a montré moins d'enthousiasme et ne m'a jamais pardonné de ne pas appartenir aux Ponts et Chaussées. Très vieux, quasi centenaire, cloué dans son fauteuil par ses infirmités, il hochait la tête en me regardant, comme s'il y avait quelque chose qui clochait désormais dans la marche du monde.

— Il faudra que vous preniez un congé pour aller à Colmar. Que penseriez-vous des vacances de Pâques ?

C'est la vieille Géraldine qui écrivit aux parents de Louise, en plusieurs fois — pour les préparer au choc, comme elle disait, — afin de leur annoncer la nouvelle.

A Pâques, je n'ai obtenu que tout juste quarante-huit heures de congé. J'en ai passé la plus grande partie dans les trains qui n'étaient pas aussi rapides alors qu'aujourd'hui.

J'ai été reçu correctement, sans délire.

— Le meilleur moyen de savoir si vos intentions à tous deux sont sérieuses est de vous tenir éloignés l'un de l'autre pendant quelque temps. Louise restera ici cet été. A l'automne, vous reviendrez nous voir.

— J'ai le droit de lui écrire ?

— Sans exagération. Par exemple, une fois par semaine.

Cela paraît drôle à présent. Cela ne l'était pas du tout en ce temps-là.

Je m'étais promis, sans que cela révèle la moindre férocité cachée, de choisir Jubert comme garçon d'honneur. Quand je suis allé pour le voir à la pharmacie du boulevard Saint-Michel, il n'y était plus et on ne savait pas ce qu'il était devenu.

J'ai passé une partie de l'été à chercher un

appartement et j'ai trouvé celui du boulevard Richard-Lenoir.

— En attendant quelque chose de mieux, tu comprends ? Quand je serai nommé inspecteur...

5

*Qui traite un peu pêle-mêle des chaussettes à
clous, des apaches, des prostituées, des bouches
de chaleur, des trottoirs et des gares*

Voilà quelques années, il a été question,
entre quelques-uns, de fonder une sorte de
club, plus probablement un dîner mensuel,
qui devait s'appeler le « Dîner des Chaussettes
à clous ». On s'est réuni pour l'apéritif, en tout
cas, à la *Brasserie Dauphine*. On a discuté aux
fins de savoir qui serait ou ne serait pas admis.
Et on s'est demandé fort sérieusement si ceux
de l'autre maison, je veux dire de la rue des
Saussaies, seraient considérés comme des
nôtres.

Puis, ainsi qu'il fallait s'y attendre, les choses
en sont restées là. A cette époque, nous étions
encore au moins quatre, parmi les commissaires de la Police Judiciaire, à être assez fiers du
nom de « chaussettes à clous » qui nous a été
donné jadis par des chansonniers et que certains jeunes inspecteurs à peine sortis des

écoles employaient parfois entre eux pour désigner ceux des anciens qui sont passés par le cadre.

Autrefois, en effet, il fallait de nombreuses années pour acquérir ses galons et les examens ne suffisaient pas. Un inspecteur, avant d'espérer de l'avancement, devait avoir usé ses semelles à peu près dans tous les services.

Il n'est pas facile de donner aux nouvelles générations une idée à peu près exacte de ce que cela signifiait.

« Souliers à clous » et « grosses moustaches », ces mots venaient tout naturellement aux lèvres lorsqu'on parlait de la police.

Et, ma foi, j'ai, moi aussi, pendant des années, porté des souliers à clous. Non pas par goût. Non pas, comme les caricaturistes semblaient l'insinuer, parce que nous considérions ces chaussures comme le summum de l'élégance et du confort, mais pour des raisons plus terre à terre.

Deux raisons, exactement. La première, c'est que notre traitement nous permettait tout juste, comme on disait, de nouer les deux bouts. J'entends souvent parler de la vie joyeuse, sans souci, des premières années du siècle. Les jeunes citent avec envie les prix de cette époque, le *londrès* à deux sous, le dîner avec vin et café à vingt sous.

Ce qu'on oublie, c'est que, au début de sa

carrière, un fonctionnaire gagnait un peu moins de cent francs.

Lorsque j'étais à la voie publique, j'arpentais, dans ma journée, qui était souvent une journée de treize ou quatorze heures, des kilomètres et des kilomètres de trottoir par tous les temps.

De sorte que le problème du ressemelage des chaussures a été un de nos premiers problèmes conjugaux. Quand, en fin de mois, j'apportais mon enveloppe à ma femme, elle faisait de son contenu un certain nombre de petits tas.

— Pour le boucher... Pour le loyer... Pour le gaz...

Il ne restait presque rien pour constituer la dernière pile de pièces blanches.

— Pour tes souliers.

Le rêve était toujours d'en acheter de neufs, mais cela restait longtemps un rêve. Souvent, j'étais des semaines sans lui avouer qu'entre les clous mes semelles, devenues poreuses, buvaient avidement l'eau du ruisseau.

Si j'en parle ici, ce n'est pas par rancœur, c'est gaîment, au contraire, et je crois que c'est nécessaire pour donner une idée de la vie d'un fonctionnaire de la police.

Il n'existait pas de taxis, et les rues en eussent-elles été encombrées qu'ils nous auraient été inaccessibles, comme l'étaient les fiacres que nous n'utilisions qu'en de rares circonstances.

Au surplus, à la brigade de la voie publique, notre métier était justement d'arpenter les trottoirs, d'être dans la foule, du matin au soir ou du soir au matin.

Pourquoi, quand j'y repense, ai-je surtout un souvenir de pluie ? A croire que, pendant des années, il n'a fait que pleuvoir, à croire qu'à cette époque-là les saisons n'étaient pas les mêmes. C'est évidemment parce que la pluie ajoutait à notre tâche quelques épreuves supplémentaires. Il n'y avait pas seulement les chaussettes qui s'imbibaient. Il y avait les épaules du manteau qui se transformaient petit à petit en compresses froides, le chapeau qui dégoulinait, les mains bleuies qu'on enfonçait dans les poches.

Les rues étaient moins éclairées qu'à présent. Un certain nombre d'entre elles, dans la périphérie, n'étaient pas pavées. Le soir, les fenêtres dessinaient dans le noir des carrés jaunâtres, les maisons étant encore en grande partie éclairées au pétrole, quand ce n'était pas, plus pauvrement encore, à la chandelle.

Et il y avait les apaches.

C'était une mode, tout autour des fortifications, de jouer du couteau dans l'ombre, et pas toujours pour le profit, pour le portefeuille ou la montre du bourgeois.

Il s'agissait surtout de se prouver à soi-

110

même qu'on était un homme, une « terreur », d'épater les petites pierreuses à jupes noires plissées et à gros chignon qui faisaient le trottoir sous un bec de gaz.

Nous n'étions pas armés. Contrairement à ce que le public imagine, un policier en civil n'a pas le droit d'avoir un revolver dans sa poche et si, dans certains cas, nous en portons un, c'est contre les règlements et sous notre entière responsabilité.

Les jeunes ne pouvaient pas se le permettre. Il existait un certain nombre de rues, du côté de La Villette, de Ménilmontant, de la Porte d'Italie, où l'un hésitait à s'engager et où le vacarme de nos propres pas nous faisait parfois battre le cœur.

Le téléphone est resté longtemps aussi un mythe inaccessible à nos budgets. Il n'était pas question, lorsque j'étais retardé de plusieurs heures, d'appeler ma femme au bout du fil pour l'en avertir, de sorte qu'elle passait des soirées solitaires, sous le bec Auer de notre salle à manger, à guetter les bruits de l'escalier et à réchauffer quatre ou cinq fois le même dîner.

Quant aux moustaches des caricatures, elles sont vraies aussi. Un homme sans moustaches ne passait-il pas pour un larbin ?

J'en avais d'assez longues, acajou, un peu plus sombres que celles de mon père, terminées par des pointes effilées. Par la suite, elles se sont raccourcies jusqu'à n'être plus que des brosses à dent, avant de disparaître complètement.

Il est de fait, d'ailleurs, que la plupart des inspecteurs arboraient de grosses moustaches d'un noir de cirage comme on en voit sur les caricatures. Cela tient à ce que, pour une raison mystérieuse, la profession, pendant tout un temps, a surtout attiré les originaires du Massif Central.

Il est peu de rues de Paris dans lesquelles je n'ai traîné mes semelles, l'œil aux aguets, et j'ai appris à connaître tout le petit peuple du trottoir, depuis le mendigot, le joueur d'orgue de Barbarie et la marchande de fleurs, jusqu'au spécialiste du bonneteau et au voleur à la tire, en passant par la prostituée et la vieille ivrognesse qui coule la plupart de ses nuits dans les postes de police.

J'ai « fait » les Halles, la nuit, la place Maubert, les quais et le dessous des quais.

J'ai « fait » aussi les foules, qui constituent le grand boulot, la Foire du Trône et la Foire de Neuilly, les courses à Longchamp et les manifestations patriotiques, les défilés militaires, les visites de souverains étrangers, les cortèges en landaus, les cirques ambulants et la Foire aux Puces.

Après quelques mois, quelques années de ce métier, on a en tête un répertoire étendu de silhouettes et de visages qui y restent gravés pour toujours.

Je voudrais — mais c'est difficile — donner une idée à peu près exacte de nos relations avec cette clientèle, y compris avec ceux qu'il nous arrivait périodiquement d'emmener au violon.

Inutile de dire que le côté pittoresque avait tôt fait de ne plus exister pour nous. Notre regard, dans les rues de Paris, devient par nécessité un regard professionnel, qui s'accroche à certains détails familiers, saisit telle ou telle particularité et en tire les conséquences.

Ce qui me frappe le plus, au moment de traiter ce sujet, c'est le lien qui se noue entre le policier et le gibier qu'il est chargé de traquer. Avant tout, chez le policier, sauf dans certains cas très rares, il y a une absence absolue de haine ou même de rancune.

Absence de pitié aussi, dans le sens que l'on donne d'habitude à ce mot.

Nos relations, si l'on veut, sont strictement professionnelles.

Nous en voyons trop, on le concevra sans peine, pour pouvoir encore nous étonner de certaines misères et de certaines perversions. De sorte que nous n'avons pas de colère pour les secondes, mais pas non plus, devant les premières, le serrement de cœur du passant non averti.

Ce qui existe, ce que Simenon a essayé de

rendre sans y parvenir, c'est, si paradoxal que cela puisse paraître, une sorte d'esprit de famille.

Qu'on ne me fasse pas dire ce que je ne dis pas. Nous sommes des deux côtés de la barricade, c'est entendu. Mais aussi nous sommes jusqu'à un certain point dans le même bain.

La prostituée du boulevard de Clichy et l'inspecteur qui la surveille ont tous les deux de mauvais souliers et tous les deux ont mal aux pieds d'avoir arpenté des kilomètres de bitume. Ils ont à subir la même pluie, la même bise glacée. Le soir, la nuit ont pour eux la même couleur, et tous les deux voient, presque d'un œil identique, l'envers de la foule qui s'écoule autour d'eux.

Il en est bien ainsi dans une foire où le voleur à la tire se faufile parmi cette foule. Pour lui, une foire, une réunion quelconque de quelques centaines d'individus signifie, non pas réjouissances, chevaux de bois, cirques de toile ou pain d'épice, mais un certain nombre de portefeuilles dans des poches candides.

Pour le policier aussi. Et l'un comme l'autre reconnaissent du premier coup d'œil le provincial content de lui qui fera la victime idéale.

Combien de fois ne m'est-il pas arrivé de suivre pendant des heures certain « tireur » de mes connaissances, la Ficelle, par exemple, comme nous l'appelions ! Il savait que j'étais sur ses talons, que j'épiais ses moindres gestes.

Il savait que je savais. De mon côté, je savais qu'il savait que j'étais là.

Son métier était de s'approprier malgré tout un portefeuille ou une montre, le mien de l'en empêcher ou de le prendre sur le fait.

Eh bien ! il arrivait à la Ficelle de se retourner et de me sourire. Je lui souriais aussi. Il lui arrivait même de m'adresser la parole, de soupirer :

— Ce sera dur !

Je n'ignorais pas qu'il était « raide comme un passe-lacet », qu'il ne mangerait le soir qu'à condition de réussir.

Il n'ignorait pas davantage mes cent francs de traitement mensuel, mes souliers percés et ma femme qui m'attendait avec impatience.

Celui-là, je l'ai arrêté au moins dix fois, gentiment, en lui disant :

— Tu es fait !

Et il en était presque aussi soulagé que moi. Cela voulait dire qu'il mangerait au poste et coucherait à l'abri. Il y en a qui connaissent si bien la maison qu'ils demandent :

— Qui est de service cette nuit ?

Parce que certains les laissent fumer, d'autres pas.

Pendant un an et demi, les trottoirs m'ont paru un endroit idéal, car on m'avait désigné ensuite pour les grands magasins.

Au lieu de la pluie, du froid, du soleil, de la poussière, j'ai passé mes journées dans un air surchauffé, dans des relents de cheviotte, de coton écru, de linoléum et de fil mercerisé.

Il y avait alors, de distance en distance, dans les allées séparant les rayons, des bouches de chaleur qui vous envoyaient de bas en haut des bouffées sèches et brûlantes. C'était fort bien quand on arrivait mouillé. On s'installait sur une bouche de chaleur et, tout de suite, on répandait un nuage de vapeur.

Après quelques heures, on rôdait de préférence autour des portes qui, en s'ouvrant, laissaient chaque fois pénétrer un peu d'oxygène.

Il importait d'avoir l'air naturel. D'avoir l'air d'un client ! Ce qui est facile, n'est-ce pas, quand tout un étage n'est encombré que de corsets, de lingerie féminine ou d'écheveaux de soie ?

— Puis-je vous demander de me suivre sans faire de scandale ?

Certaines comprenaient tout de suite et nous accompagnaient sans mot dire dans le bureau du directeur. D'autres le prenaient de haut, répondaient d'une voix perçante ou encore piquaient une crise de nerfs.

Pourtant, ici aussi, nous avions à faire à une clientèle régulière. Que ce fût au Bon Marché, au Louvre ou au Printemps, on retrouvait certaines silhouettes familières, des femmes entre deux âges pour la plupart, qui enfouissaient des quantités inimaginables de marchandises diverses dans une poche aménagée entre leur robe et leurs jupons.

Un an et demi, avec le recul, cela ne me paraît pas grand'chose. A l'époque, chaque heure m'était à peu près aussi longue qu'une heure passée dans l'antichambre d'un dentiste.

— Tu es aux Galeries, cet après-midi ? me demandait parfois ma femme. J'ai justement quelques petites choses à y acheter.

Nous ne nous parlions pas. Nous faisions semblant de ne pas nous reconnaître. C'était délicieux. J'étais heureux de la voir aller, toute fiérote, de rayon en rayon, en m'adressant parfois un discret clin d'œil.

Je ne crois pas qu'elle se soit jamais demandé, elle non plus, si elle aurait pu épouser autre chose qu'un inspecteur de police. Elle connaissait les noms de tous mes collègues, parlait familièrement de ceux qu'elle n'avait jamais vus, de leurs manies, de leurs succès ou de leurs échecs.

J'ai mis des années à me décider, un dimanche matin que j'étais de service, à l'introduire dans la fameuse maison du quai des Orfèvres, et elle a été sans étonnement. Elle évoluait comme chez elle, cherchait des yeux les détails qu'elle connaissait si bien par ouï-dire.

Sa seule réaction a été :

— C'est moins sale que je n'aurais cru.

— Pourquoi serait-ce sale ?

— Les endroits où ne vivent que des hommes ne sont jamais de la même propreté. Et ils ont une odeur.

Je ne l'ai pas invitée au Dépôt, où, en fait d'odeur, elle aurait été servie.

— C'est la place de qui, ici, à gauche ?

— De Torrence.

— Celui qui est si gros ? J'aurais dû m'en douter. Il est comme un enfant. Il s'amuse encore à graver ses initiales dans le bois de la table.

» Et celui qui a tant marché, le père Lagrume ?

Puisque j'ai parlé de souliers, autant raconter l'histoire qui avait apitoyé ma femme.

Lagrume, le père Lagrume, comme nous l'appelions, était notre aîné à tous, bien qu'il n'ait jamais dépassé le grade d'inspecteur. C'était un homme long et triste. L'été, il était affligé du rhume des foins et, dès les premiers froids, sa bronchite chronique lui donnait une toux caverneuse qu'on entendait d'un bout à l'autre des locaux de la Police Judiciaire.

Heureusement qu'il n'était pas souvent là. Il avait eu l'imprudence de dire un jour, en parlant de sa toux :

— Le médecin me recommande le grand air.

Depuis, il était servi. Il avait de grandes jambes, de grands pieds, et c'est à lui qu'on confiait les recherches les plus invraisemblables à travers Paris, celles qui vous obligent à parcourir la ville dans tous les sens, jour après jour, sans même l'espoir d'un résultat.

— Il n'y a qu'à confier ça à Lagrume !

Tout le monde savait ce que cela voulait dire, sauf le bonhomme, qui inscrivait gravement quelques indications dans son calepin, emportait son parapluie roulé sous le bras et s'en allait après un petit salut à la ronde.

Je me demande maintenant s'il n'était pas parfaitement conscient du rôle qu'il jouait. C'était un résigné. Il avait, depuis des années et des années, une femme malade qui l'attendait le soir pour faire le ménage dans leur pavillon de banlieue. Et, quand sa fille s'est mariée, je crois que c'est lui qui se relevait la nuit pour s'occuper du bébé.

— Lagrume, tu sens encore le caca d'enfant !

Une vieille femme avait été assassinée, rue Caulaincourt. C'était un crime banal, qui ne faisait aucun bruit dans la presse, car la victime était une petite rentière sans relations.

Ce sont presque toujours ces affaires-là les plus difficiles. Confiné dans les grands magasins — et affairé par l'approche de Noël — je n'avais pas à m'en occuper, mais, comme tout le monde dans la maison, j'ai connu les détails de l'enquête.

Le crime avait été commis à l'aide d'un couteau de cuisine qui était resté sur les lieux. Ce couteau constituait le seul indice. C'était un couteau tout ordinaire, comme on en vend dans les quincailleries, dans les bazars, dans les moindres boutiques de quartier, et le fabricant, qu'on avait retrouvé, prétendait qu'il en avait vendu des dizaines de milliers dans la région parisienne.

Il était neuf. On l'avait visiblement acheté pour la circonstance. Il portait encore, au crayon indélébile, le prix inscrit sur le manche.

C'est ce détail qui donna un vague espoir de retrouver le commerçant qui l'avait vendu.

— Lagrume ! Occupez-vous donc de ce couteau.

Il l'enveloppa dans un morceau de papier journal, le mit dans sa poche et partit.

Il partit pour un voyage dans Paris qui devait durer neuf semaines. Chaque matin, il continuait à se présenter à l'heure au bureau, où, le soir, il venait renfermer le couteau dans un tiroir. Chaque matin, on le voyait mettre l'arme dans sa poche, saisir son parapluie et s'en aller avec le même salut à la ronde.

J'ai su le nombre de magasins — l'histoire est devenue légendaire — susceptibles d'avoir vendu un couteau de ce genre. Sans dépasser les fortifications, en s'en tenant aux vingt arrondissements de Paris, c'est vertigineux.

Il n'était pas question d'utiliser des moyens de transport. Il s'agissait d'aller de rue en rue, presque de porte en porte. Lagrume avait en poche un plan de Paris, sur lequel, heure après heure, il biffait un certain nombre de rues.

Je crois qu'à la fin ses chefs ne savaient même plus à quelle tâche on l'avait attelé.

— Lagrume est disponible ?

Quelqu'un répondait qu'il était en mission, et on ne s'occupait plus de lui. C'était un peu avant les fêtes, je l'ai dit. L'hiver était pluvieux et froid, le pavé gluant, et Lagrume n'en promenait pas moins sa bronchite et sa toux caverneuse du matin au soir, sans se lasser, sans se demander si cela avait un sens.

La neuvième semaine, bien après le nouvel an, alors qu'il gelait à pierre fendre, on le vit apparaître à trois heures de l'après-midi, aussi calme, aussi lugubre, sans la moindre étincelle de joie ou de soulagement dans les yeux.

— Le patron est là ?

— Tu as trouvé ?

— J'ai trouvé.

Pas dans une quincaillerie, ni dans un bazar, ni chez un marchand d'articles de ménage. Il les avait tous faits en vain.

Le couteau avait été vendu par un papetier du boulevard Rochechouart. Le commerçant reconnut son écriture, se souvint d'un jeune homme à foulard vert qui lui avait acheté l'arme plus de deux mois plus tôt.

Il en fournit un signalement assez précis, et

le jeune homme fut arrêté, exécuté l'année suivante.

Quant à Lagrume, il est mort dans la rue, non pas de sa bronchite, mais d'un arrêt du cœur.

Avant de parler des gares, et surtout de certaine gare du Nord avec laquelle il me semble toujours avoir un vieux compte à régler, il faut que je touche deux mots d'un sujet qui n'est pas sans me déplaire.

On m'a demandé souvent, en me parlant de mes débuts et de mes différents postes :

— Avez-vous fait de la police des mœurs aussi ?

On ne l'appelle plus ainsi aujourd'hui. On dit pudiquement la « Brigade Mondaine ».

Eh bien ! j'en ai fait partie, comme la plupart de mes confrères. Très peu de temps. A peine quelques mois.

Et, si je me rends compte à présent que c'était nécessaire, je n'en garde pas moins de cette époque un souvenir à la fois confus et un peu gêné.

J'ai parlé de la familiarité qui s'établit naturellement entre les policiers et ceux qu'ils sont chargés de surveiller.

Par la force des choses, elle existe aussi bien dans ce secteur-là que dans les autres. Plus encore dans celui-là. En effet, la clientèle de chaque inspecteur, si je puis dire, se compose d'un nombre relativement restreint de femmes que l'on retrouve presque toujours aux mêmes endroits, à la porte du même hôtel ou sous le même bec de gaz, pour l'échelon au-dessus à la terrasse des mêmes brasseries.

Je n'avais pas encore la carrure que j'ai acquise avec les années, et il paraît que je faisais plus jeune que mon âge.

Qu'on se souvienne des petits fours du boulevard Beaumarchais et on comprendra que, dans un certain domaine, j'étais plutôt timide.

La plupart des agents des mœurs étaient à tu et à toi avec les filles dont ils connaissaient le prénom ou le surnom, et c'était une tradition, quand ils les embarquaient dans le panier à salade au cours d'une rafle, de jouer au plus mal embouché, de s'envoyer à la face, en riant, les mots les plus orduriers, les plus obscènes.

Une habitude aussi que ces dames avaient prise était de retrousser leurs jupes et de montrer leur derrière dans un geste qu'elles considéraient sans doute comme l'ultime injure et qu'elles accompagnaient de paroles de défi.

Il a dû m'arriver de rougir, les premiers temps, car je rougissais encore facilement. Ma gêne n'est pas passée inaperçue, le moins qu'on puisse dire de ces femmes étant qu'elles ont une certaine connaissance des hommes.

Du coup, je suis devenu, sinon leur bête noire, tout au moins leur souffre-douleur.

Quai des Orfèvres, on ne m'a jamais appelé

par mon prénom, et je suis persuadé que beaucoup de mes collègues ne le connaissent pas... Je ne l'aurais pas choisi si on m'avait demandé mon opinion. Je n'en rougis pas non plus.

S'agit-il d'une petite vengeance d'un inspecteur qui était au courant ?

J'étais plus spécialement chargé du quartier Sébastopol, qui, surtout autour des Halles, était fréquenté alors par des filles de bas étage, en particulier par un certain nombre de très vieilles prostituées dont c'était comme le refuge.

C'était là aussi que les petites bonnes à peine débarquées de Bretagne ou d'ailleurs faisaient leurs premières armes, de sorte qu'on avait les deux extrêmes : des gamines de seize ans que les souteneurs se disputaient et des harpies sans âge qui se défendaient fort bien elles-mêmes.

Un jour, la scie commença — car cela devint tout de suite une scie. Je passais devant une de ces vieilles plantée à la porte d'un hôtel crasseux, quand je l'entendis me lancer en souriant de ses dents gâtées :

— Bonsoir, Jules !

Je crus qu'elle avait lâché le nom au petit bonheur, mais, un peu plus loin, j'étais accueilli par les mêmes mots.

— Alors, Jules ?

Après quoi, quand elles étaient en groupe,

elles éclataient de rire et se répandaient en commentaires difficiles à transcrire.

Je savais ce que certains auraient fait à ma place. Il ne leur en fallait pas plus pour en embarquer quelques-unes et pour les boucler à Saint-Lazare le temps de réfléchir.

L'exemple aurait suffi, et l'on m'aurait probablement traité avec un certain respect.

Je ne l'ai pas fait. Pas nécessairement par sens de la justice. Pas non plus par pitié.

Probablement parce que c'était un jeu que je ne voulais pas jouer. J'ai préféré feindre de ne pas entendre. J'espérais qu'elles se lasseraient. Mais ces filles-là sont comme les enfants qui n'en ont jamais assez d'une plaisanterie.

Le fameux Jules fut intégré à une chanson qu'on se mettait à chanter ou à crier à tue-tête dès que je me montrais. D'autres me disaient, quand je vérifiais leur carte :

— Sois pas vache, Jules ! Tu es si mignon !

Pauvre Louise ! Sa grande peur, pendant cette période-là, n'était pas de me voir succomber à quelque tentation, mais de me voir apporter une vilaine maladie à la maison. J'avais attrapé des puces. Quand je rentrais, elle me faisait déshabiller et prendre un bain, tandis qu'elle allait brosser mes vêtements sur le palier ou devant la fenêtre ouverte.

— Tu as dû en toucher, aujourd'hui. Brosse-toi bien les ongles !

Ne racontait-on pas qu'on peut attraper la syphilis rien qu'en buvant dans un verre ?

Cela n'a pas été agréable, mais j'ai appris ce que j'avais à apprendre. N'est-ce pas moi qui avais choisi mon métier ?

Je n'aurais, pour rien au monde, demandé à changer de poste. Mes chefs, d'eux-mêmes, firent le nécessaire, davantage par souci du rendement, je suppose, que par considération pour moi.

Je fus désigné aux gares. Plus exactement je fus affecté à certain bâtiment sombre et sinistre qu'on appelle la gare du Nord.

Comme pour les grands magasins, il y avait l'avantage d'être à l'abri de la pluie. Pas du froid ni du vent, car il n'y a sans doute nulle part au monde autant de courants d'air que dans un hall de gare, que dans le hall de la gare du Nord, et, pendant des mois, j'ai fait, pour les rhumes, concurrence au vieux Lagrume.

Qu'on n'imagine surtout pas que je me plaigne et que je brosse avec une complaisance vengeresse l'envers du décor.

J'étais parfaitement heureux. J'étais heureux quand j'arpentais les rues et je ne l'étais pas moins quand je surveillais les soi-disant kleptomanes dans les grands magasins.

J'avais l'impression d'avancer chaque fois d'un cran, d'apprendre un métier dont la complexité m'apparaissait chaque jour davantage.

En voyant la gare de l'Est, par exemple, je ne peux jamais m'empêcher de m'assombrir, parce qu'elle évoque pour moi des mobilisations. La gare de Lyon, au contraire, tout comme la gare Montparnasse, me fait penser aux vacances.

La gare du Nord, elle, la plus froide, la plus affairée de toutes, évoque à mes yeux une lutte âpre et amère pour le pain quotidien. Est-ce parce qu'elle conduit vers les régions de mines et d'usines ?

Le matin, les premiers trains de nuit, qui s'en viennent de Belgique et d'Allemagne, contiennent généralement quelques fraudeurs, quelques trafiquants au visage dur comme le jour vu à travers les verrières.

Ce n'est pas toujours de la petite fraude. Il y a les professionnels des trafics internationaux, avec leurs agents, leurs hommes de paille, leurs hommes de main, des gens qui jouent gros jeu et sont prêts à se défendre par tous les moyens.

Cette foule-là s'est à peine écoulée que c'est le tour des trains de banlieue, qui ne viennent pas de villages riants comme dans l'Ouest ou dans le Sud, mais d'agglomérations noires et malsaines.

En sens inverse, c'est vers la Belgique, la plus proche frontière, qu'essaient de s'envoler tous ceux qui fuient pour les raisons les plus diverses.

Des centaines de gens attendent, dans la grisaille qui sent la fumée et la sueur, s'agitent, courant des guichets aux salles de bagages, interrogeant du regard les tableaux qui annoncent les arrivées et les départs, mangeant, buvant quelque chose, parmi les enfants, les chiens et les valises, et presque toujours ce sont des gens qui n'ont pas assez dormi, que la peur d'être en retard a énervés, quelquefois simplement la peur du lendemain qu'ils vont chercher ailleurs.

J'ai passé des heures, tous les jours, à les observer, à chercher parmi ces visages un visage plus fermé, des yeux plus fixes, celui d'un homme ou d'une femme qui joue sa dernière chance.

Le train est là, qui va partir dans quelques minutes. Il n'y a plus que cent mètres à franchir, qu'à tendre un billet qu'on tient serré dans sa main. Les aiguilles avancent par saccades sur l'énorme cadran jaunâtre de l'horloge.

Quitte ou double ! C'est la liberté ou la prison. Ou pis.

Moi, avec dans mon portefeuille une photographie, ou un signalement, parfois seulement la description technique d'une oreille.

Il arrive qu'on s'aperçoive au même moment, qu'il y ait un choc de regards. Presque toujours, l'homme comprend du premier coup.

La suite dépend de son caractère, du risque qu'il court, de ses nerfs, voire d'un tout petit détail matériel, d'une porte ouverte ou fermée, d'une malle qui se trouve par hasard entre nous.

Certains essayent de fuir, et c'est la course éperdue à travers les groupes qui protestent ou se garent, à travers les wagons à l'arrêt, les voies, les aiguillages.

J'en ai connu deux, dont un tout jeune homme, qui, à trois mois de distance, ont eu une attitude identique.

Ils ont, l'un comme l'autre, plongé la main dans leur poche, comme pour y prendre une cigarette. Et l'instant d'après, au beau milieu de la foule, les yeux fixés sur moi, ils se tiraient une balle dans la tête.

Ceux-là non plus ne m'en voulaient pas, pas plus que je ne leur en voulais.

Nous faisions chacun notre métier.

Ils avaient perdu la partie, un point, c'est tout, et ils s'en allaient.

Je l'avais perdue, moi aussi, car mon rôle était de les amener vivants devant la justice.

J'ai vu partir des milliers de trains. J'en ai vu arriver des milliers d'autres, avec chaque fois la même cohue, le long chapelet de gens qui se hâtent vers on ne sait quoi.

C'est devenu chez moi un tic, comme chez mes collègues. Même si je ne suis pas de service, si, par miracle, accompagné de ma femme, je pars en vacances, mon regard glisse le long des visages, et il est bien rare qu'il ne finisse pas par s'arrêter sur quelqu'un qui a peur, quelle que soit sa façon de le cacher.

— Tu ne viens pas ? Qu'est-ce que tu as ?

Jusqu'à ce que nous soyons installés dans notre compartiment, que dis-je, jusqu'à ce que le train soit parti, ma femme n'est jamais sûre que les vacances auront vraiment lieu.

— De quoi t'occupes-tu ? Tu n'es pas de service !

Il m'est arrivé de la suivre en soupirant, en tournant une dernière fois la tête vers un visage mystérieux disparaissant dans la foule. Toujours à regret.

Et je ne pense pas que ce soit uniquement par souci professionnel, ni par amour de la justice.

Je le répète, c'est une partie qui se joue, une partie qui n'a pas de fin. Une fois qu'on l'a commencée, il est bien difficile, sinon impossible, de la quitter.

La preuve, c'est que ceux de chez nous qui finissent par prendre leur retraite, souvent contre leur gré, en arrivent presque toujours à monter une agence de police privée.

Ce n'est d'ailleurs qu'un pis-aller, et je n'en connais pas un qui, après avoir grogné pendant trente ans contre les misères de la vie d'un policier, ne soit prêt à reprendre du service, fût-ce gratuitement.

130

J'ai gardé de la gare du Nord un souvenir sinistre. Je ne sais pas pourquoi, je la revois toujours pleine de brouillard humide et gluant des petits matins, avec sa foule mal réveillée marchant en troupeau vers les voies ou vers la rue de Maubeuge.

Les échantillons d'humanité que j'y ai rencontrés sont parmi les plus désespérés, et certaines arrestations que j'y ai effectuées m'ont laissé plutôt un sentiment de remords qu'un sentiment de satisfaction professionnelle.

A choisir, pourtant, j'aimerais mieux aller reprendre demain ma faction à l'entrée des quais que, dans une gare plus somptueuse, m'embarquer pour quelque petit coin ensoleillé de la Côte d'Azur.

6

Des étages, des étages, encore des étages !

De loin en loin, presque toujours à l'occasion de convulsions politiques, des troubles éclatent dans la rue, qui ne sont plus seulement la manifestation du mécontentement populaire. On dirait qu'à un moment une brèche se produit, que d'invisibles écluses sont ouvertes, et on voit soudain surgir dans les quartiers riches des êtres dont l'existence y est généralement ignorée, qui semblent sortir de quelque cour des miracles et qu'on regarde passer sous les fenêtres comme on regarderait des ruffians et des coupe-jarrets surgir du fond du Moyen Age.

Ce qui m'a le plus surpris, quand ce phénomène s'est produit avec violence à la suite des émeutes du 6 février, c'est l'étonnement exprimé le lendemain par la majorité de la presse.

Cette invasion, pendant quelques heures, du centre de Paris, non par les manifestants, mais par des individus efflanqués qui répandaient autant de terreur qu'une bande de loups, alarmait tout à coup des gens qui, par profession, ont presque autant que nous la connaissance des dessous d'une capitale.

Paris a vraiment eu peur, cette fois-là. Puis Paris, dès le lendemain, l'ordre rétabli, a oublié que cette populace n'avait pas été anéantie, qu'elle était simplement rentrée dans ses terriers.

La police n'est-elle pas là pour l'y maintenir ?

Sait-on qu'il existe une brigade qui s'occupe exclusivement des quelque deux à trois cent mille Nord-Africains, Portugais et Roumains qui vivent dans la zone du XXe arrondissement, qui y campent, pourrait-on dire plus justement, connaissant à peine notre langue ou ne la connaissant pas du tout, obéissant à d'autres lois, à d'autres réflexes que les nôtres ?

Nous avons, quai des Orfèvres, des cartes où des sortes d'îlots sont marqués aux crayons de couleurs, les Juifs de la rue des Rosiers, les Italiens du quartier de l'Hôtel de Ville, les Russes des Ternes et de Denfert-Rochereau...

Beaucoup ne demandent qu'à s'assimiler, et les difficultés ne viennent pas de ceux-là, mais il y en a qui, en groupe ou isolés, se tiennent volontairement en marge et mènent, dans la foule qui ne les remarque pas, leur existence mystérieuse.

Ce sont presque toujours des gens bien-pensants, aux petites tricheries, aux petites saletés soigneusement camouflées, qui me demandent, avec un léger frémissement des lèvres que je connais bien :

— Cela ne vous arrive pas d'être dégoûté ?

Ils ne parlent pas de ceci ou cela en particulier, mais de l'ensemble de ceux à qui nous avons à faire. Ce qu'ils aimeraient, c'est que nous leur déballions des secrets bien sales, des vices inédits, toute une pouillerie dont ils pourraient s'indigner en s'en délectant secrètement.

Ceux-là emploient volontiers le mot bas-fonds.

— Ce que vous devez en voir, dans les bas-fonds ?

Je préfère ne pas leur répondre. Je les regarde d'une certaine façon, sans aucune expression sur le visage, et ils doivent comprendre ce que cela veut dire, car, en général, ils prennent un air gêné et n'insistent pas.

J'ai beaucoup appris à la voie publique. J'ai appris dans les foires et dans les grands magasins, partout où des foules étaient rassemblées.

J'ai parlé de mes expériences à la gare du Nord.

Mais c'est aux garnis, sans doute, que j'ai le

mieux vu les hommes, ceux, justement, qui font si peur aux gens des beaux quartiers quand d'aventure les écluses sont ouvertes.

Les chaussures à clous, ici, n'étaient plus nécessaires, car il ne s'agissait pas tant de parcourir des kilomètres de trottoir que de circuler, si je puis dire, en hauteur.

Chaque jour, je relevais les fiches de quelques dizaines, de quelques centaines d'hôtels, de meublés le plus souvent, où il était bien rare de trouver un ascenseur et où il s'agissait de grimper six ou sept étages dans des cages d'escalier étouffantes, où une âcre odeur d'humanité pauvre prenait à la gorge.

Les grands hôtels aux portes tournantes flanquées de valets en livrée ont leurs drames, eux aussi, et leurs secrets dans lesquels la police va quotidiennement fourrer le nez.

Mais c'est surtout dans des milliers d'hôtels aux noms inconnus, qu'on remarque à peine du dehors, que se terre une population flottante, difficile à saisir ailleurs et qui est rarement en règle.

Nous allions à deux. Parfois, dans des quartiers dangereux, nous étions plus nombreux. On choisissait l'heure à laquelle la plupart des gens étaient couchés, un peu après le milieu de la nuit.

C'était alors une sorte de cauchemar qui commençait, avec certains détails, toujours les mêmes, le gardien de nuit, le patron ou la patronne, couché derrière son guichet, qui s'éveillait de mauvaise grâce et essayait de se mettre d'avance à couvert.

— Vous savez bien qu'ici on n'a jamais eu d'ennuis...

Jadis, les noms étaient inscrits dans des registres. Plus tard, avec la carte d'identité obligatoire, il y a eu des fiches à remplir.

L'un de nous restait en bas. L'autre montait. Certaines fois, malgré toutes nos précautions, nous étions signalés et, du rez-de-chaussée, nous entendions la maison s'éveiller comme une ruche, des allées et venues affairées dans les chambres, des pas furtifs dans l'escalier.

Il arrivait que nous trouvions une chambre vide, le lit encore chaud, et que, tout en haut, la lucarne donnant sur les toits fût ouverte.

D'habitude, nous pouvions atteindre le premier étage sans avoir alerté les locataires et on frappait à une première porte, des grognements répondaient, des questions dans une langue presque toujours étrangère.

— Police !

Ils comprennent tous ces mot-là. Et des gens en chemise, des gens tout nus, des hommes, des femmes, des enfants s'agitaient dans une mauvaise lumière, dans la mauvaise odeur, débouclaient des malles invraisemblables pour y chercher un passeport caché sous les effets.

Il faut avoir vu l'anxiété de ces regards-là,

ces gestes de somnambules et cette qualité d'humilité qu'on ne trouve guère que chez les déracinés. Dirai-je une humilité fière ?

Ils ne nous détestaient pas. Nous étions les maîtres. Nous avions — ou ils croyaient que nous avions — le plus terrible de tous les pouvoirs : celui de les renvoyer de l'autre côté de la frontière.

Pour certains, le fait d'être ici représentait des années de ruse ou de patience. Ils avaient atteint la terre promise. Ils possédaient des papiers, vrais ou faux.

Et, cependant qu'ils nous les tendaient, avec toujours la peur que nous les mettions dans notre poche, ils cherchaient instinctivement à nous amadouer avec un sourire, trouvaient quelques mots de français à balbutier :

— Missié li commissaire...

Les femmes gardaient rarement leur pudeur, et parfois on lisait une hésitation dans leur regard, elles avaient un vague geste vers le lit défait. Est-ce que nous n'étions pas tentés ? Est-ce que cela ne nous ferait pas plaisir ?

Pourtant, tout ce monde-là était fier, d'une fierté à part que je n'arrive pas à décrire. La fierté des fauves ?

Au fait, c'est un peu comme des fauves en cage qu'ils nous regardaient passer, sans savoir si nous allions les frapper ou les flatter.

Quelquefois on en voyait un, brandissant ses papiers, qui, pris de panique, se mettait à parler avec volubilité dans sa langue, gesticulant, appelant les autres à la rescousse, s'efforçant de nous faire croire qu'il était un honnête homme, que toutes les apparences étaient fausses, que...

Certains pleuraient et d'autres se tassaient dans leur coin, farouches, comme prêts à bondir, mais en réalité résignés.

Vérification d'identité. C'est ainsi que l'opération s'appelle en langage administratif. Ceux dont les papiers sont en règle sans que cela puisse faire le moindre doute sont laissés dans leur chambre, où on les entend s'enfermer avec un soupir de soulagement.

Les autres...

— Descendez !

Quand ils ne comprennent pas, il faut bien ajouter le geste. Et ils s'habillent, en parlant seuls. Ils ne savent pas ce qu'ils doivent, ce qu'ils peuvent emporter. Il leur arrive, dès que nous avons le dos tourné, d'aller chercher leur trésor dans quelque cachette pour l'enfouir dans leurs poches ou sous leur chemise.

Tout cela, au rez-de-chaussée, forme un petit groupe où on ne parle plus, où chacun ne songe qu'à son propre cas et à la façon dont il va le plaider.

Il existe, dans le quartier Saint-Antoine, des hôtels où, dans une seule chambre, il m'est arrivé de trouver sept ou huit Polonais, dont la plupart étaient couchés à même le sol.

Un seul était inscrit au registre. Le patron le savait-il ? Se faisait-il payer pour les dormeurs supplémentaires ? C'est plus que probable, mais ce sont des choses qu'il est inutile d'essayer de prouver.

Les autres n'étaient pas en règle, comme de juste. Que faisaient-ils quand ils étaient forcés de quitter au petit jour l'abri de la chambre ?

Faute de carte de travail, il leur était impossible de gagner régulièrement leur vie. Or ils n'étaient pas morts de faim. Donc ils mangeaient.

Et il y en avait, il y en a toujours des milliers, des dizaines de milliers dans leur cas.

Trouve-t-on de l'argent dans leurs poches, ou caché au-dessus de quelque armoire, ou, plus souvent, dans leurs souliers ? Il s'agit de savoir comment ils se le sont procuré, et c'est alors le genre d'interrogatoire le plus épuisant.

Même s'ils comprennent le français, ils feignent de ne pas l'entendre, vous regardant dans les yeux d'un air plein de bonne volonté, répétant inlassablement leur protestation d'innocence.

Il est inutile d'interroger les autres à leur sujet. Ils ne se trahiront pas. Ils raconteront tous la même histoire.

Or, en moyenne, soixante-cinq pour cent de crimes commis dans la région parisienne ont des étrangers pour auteurs.

Des escaliers, des escaliers et toujours des

escaliers. Pas seulement de nuit, mais de jour, et des filles partout, des professionnelles et des autres, certaines jeunes et splendides, venues, Dieu sait pourquoi, du fond de leur pays.

J'en ai connu une, une Polonaise, qui partageait avec cinq hommes une chambre d'hôtel de la rue Saint-Antoine et leur désignait les mauvais coups à faire, récompensant à sa façon ceux qui avaient réussi, tandis que les autres rongeaient leur frein dans la chambre et, le plus souvent, se jetaient ensuite férocement sur le gagnant épuisé.

Deux d'entre eux étaient des brutes énormes, puissantes, et elle n'en avait pas peur, elle les tenait en respect d'un sourire ou d'un froncement de sourcils ; lors de leur interrogatoire, dans mon propre bureau, après je ne sais quelle phrase prononcée dans leur langue, je l'ai vue gifler tranquillement un des géants.

— Vous devez en voir de toutes les couleurs !

On voit, en effet, des hommes, des femmes, toutes les sortes d'hommes et de femmes, dans toutes les situations inimaginables, à tous les degrés de l'échelle. On les voit, on enregistre et on essaie de comprendre.

Non pas de comprendre je ne sais quel mystère humain. C'est peut-être contre cette idée romanesque que je proteste avec le plus d'acharnement, presque de colère. C'est une des raisons de ce livre, de ces sortes de corrections.

Simenon a essayé de l'expliquer, je le reconnais. Je n'en ai pas moins été gêné de me voir souvent, dans ses livres, certains sourires, certaines attitudes que je n'ai jamais eus et qui auraient fait hausser les épaules à mes collègues.

La personne qui l'a le mieux senti est probablement ma femme. Pourtant, lorsque je rentre de mon travail, il ne lui arrive jamais de me questionner avec curiosité, quelle que soit l'affaire dont je m'occupe.

De mon côté, je ne lui fais pas ce que l'on appelle des confidences.

Je m'assieds à table comme n'importe quel fonctionnaire qui revient de son bureau. Il m'arrivera alors, en quelques mots, comme pour moi-même, de raconter une rencontre, un interrogatoire, de parler de l'homme ou de la femme sur qui j'ai eu à enquêter.

Si elle pose une question, ce sera presque toujours une question technique.

— Dans quel quartier ?

Ou bien :

— Quel âge ?

Ou encore :

— Depuis combien de temps est-elle en France ?

Parce que ces détails ont fini par être aussi révélateurs à ses yeux qu'ils le sont pour nous.

Elle ne m'interroge pas sur les à-côtés sordides ou pitoyables.

Et Dieu sait que ce n'est pas indifférence de sa part !

— Sa femme est allée le voir au Dépôt ?

— Ce matin.

— Elle avait amené l'enfant avec elle ?

Elle s'intéresse plus particulièrement, pour des raisons sur lesquelles je n'ai pas à insister, à ceux qui ont des enfants, et ce serait une erreur de croire que les irréguliers, les malfaiteurs ou les criminels n'en ont pas.

Nous en avons eu un chez nous, une petite fille, dont j'ai envoyé la mère en prison pour le restant de ses jours, mais nous savions que le père la reprendrait dès qu'il serait redevenu un homme normal.

Elle continue à venir nous voir. C'est maintenant une jeune fille, et ma femme est assez fière de lui faire faire le tour des magasins l'après-midi.

Ce que je veux vous souligner, c'est qu'il n'entre, dans notre comportement vis-à-vis de ceux dont nous nous occupons, ni sensiblerie ni dureté, ni haine ni pitié dans le sens habituel du mot.

Nous travaillons sur des hommes. Nous observons leur comportement. Nous enregistrons des faits. Nous cherchons à en établir d'autres.

Notre connaissance est en quelque sorte technique.

Lorsque, encore jeune, je visitais un hôtel borgne de la cave au grenier, pénétrant dans les alvéoles des chambres, surprenant les gens dans leur sommeil, dans leur intimité la plus crue, examinant leurs papiers à la loupe, j'aurais presque pu dire ce que chacun deviendrait.

D'abord, certains visages m'étaient déjà familiers, car Paris n'est pas si grand que, dans un certain milieu, on ne rencontre sans cesse les mêmes individus.

Certains cas, aussi, se reproduisent presque identiquement, les mêmes causes amenant les mêmes résultats.

Le malheureux originaire d'Europe centrale, qui a économisé pendant des mois, sinon des années, pour se payer de faux passeports dans une agence clandestine de son pays et qui a cru en avoir fini quand il a franchi la frontière sans encombre, nous tombera fatalement entre les mains dans un délai de six mois à un an au maximum.

Mieux : nous pourrions le suivre en pensée dès la frontière, prévoir dans quel quartier, dans quel restaurant, dans quel hôtel il va aboutir.

Nous savons par qui il tentera de se procurer la carte de travail indispensable, vraie ou fausse ; il nous suffira d'aller le prendre dans la queue qui s'allonge chaque matin devant les grandes usines de Javel.

Pourquoi nous fâcher, lui en vouloir, quand il en arrive là où il devait fatalement arriver ?

Il en est de même de la petite bonne encore fraîche que nous voyons danser pour la première fois dans certains musettes. Lui dire de rentrer chez ses patrons et d'éviter désormais son compagnon à l'élégance voyante ?

Cela ne servirait à rien. Elle y reviendra. Nous la retrouverons dans d'autres musettes, puis, un beau soir, devant une porte d'hôtel du quartier des Halles ou de la Bastille.

Dix mille y passent chaque année en moyenne, dix mille qui quittent leur village et débarquent à Paris comme domestiques et à qui il ne faut que quelques mois, ou quelques semaines, pour effectuer le plongeon.

Est-ce si différent quand un garçon de dix-huit ou de vingt ans, qui travaillait en usine, se met à s'habiller d'une certaine façon, à prendre certaines attitudes, à s'accouder au zinc de certains bars ?

On ne tardera pas à lui voir un complet neuf, des chaussettes et une cravate en soie artificielle.

Il finira chez nous, lui aussi, le regard sournois ou penaud, après une tentative de cambriolage ou un vol à main armée, à moins qu'il se soit embauché dans la légion des voleurs de voitures.

Certains signes ne trompent jamais, et ce sont ces signes-là, en définitive, que nous apprenions à connaître quand on nous faisait passer par toutes les équipes, arpenter des kilomètres de trottoir, grimper étage après étage, pénétrer dans toutes sortes de taudis et dans toutes les foules.

C'est pourquoi le surnom de « chaussettes à clous » ne nous a jamais vexés, bien au contraire.

A quarante ans, il en est peu, quai des Orfèvres, qui ne connaissent familièrement, par exemple, tous les voleurs à la tire. On saura même où les retrouver tel jour, à l'occasion de telle cérémonie ou de tel gala.

Comme on saura, par exemple, qu'un vol de bijoux ne tardera pas à avoir lieu, parce qu'un spécialiste, qu'on a rarement pris la main dans le sac, commence à être au bout de son rouleau. Il a quitté son hôtel du boulevard Haussmann pour un hôtel plus modeste de la République. Depuis quinze jours, il n'a pas payé sa note. La femme avec laquelle il vit commence à lui faire des scènes et ne s'est plus acheté de chapeaux depuis longtemps.

On ne peut le suivre pas à pas : il n'y aurait jamais assez de policiers pour prendre en filature tous les suspects. Mais on le tient au bout du fil. Les hommes de la voie publique sont avertis d'avoir à surveiller plus particulièrement les bijouteries.

On sait comment il opère. On sait qu'il n'opérera pas autrement.

Cela ne réussit pas toujours. Ce serait trop beau. Il arrive cependant qu'on le prenne sur le fait. Il arrive que ce soit après une entrevue discrète avec sa compagne, à qui on a fait comprendre que son avenir serait moins problématique si elle nous renseignait.

On parle beaucoup, dans les journaux, des règlements de comptes, à Montmartre ou dans le quartier de la rue Fontaine, parce que les coups de revolver dans la nuit ont toujours, pour le public, quelque chose d'excitant.

Or ce sont les affaires qui, au Quai, nous donnent le moins de souci.

Nous connaissons les bandes rivales, leurs intérêts et les points en litige entre elles. Nous connaissons aussi leurs haines ou leurs rancunes personnelles.

Un crime en amène un autre, par contre-coup. Luciano a-t-il été abattu dans un bar de la rue de Douai ? Les Corses se vengeront fatalement dans un délai plus ou moins court. Et, presque toujours, il y en aura un d'entre eux pour nous passer le tuyau.

— Quelque chose se trame contre Dédé les Pieds plats. Il le sait et ne sort plus qu'accompagné de deux tueurs.

Le jour où Dédé sera abattu à son tour, il y a neuf chances sur dix pour qu'un coup de téléphone plus ou moins mystérieux nous mette au courant de l'histoire dans tous ses détails.

— Un de moins !

Nous arrêtons les coupables quand même, mais cela a peu d'importance, car ces gens-là ne s'exterminent qu'entre eux, pour des raisons qui leur appartiennent, au nom d'un certain code qu'ils appliquent avec rigueur.

C'est à cela que Simenon faisait allusion quand, au cours de notre première entrevue, il déclarait si catégoriquement :

— Les crimes de professionnels ne m'intéressent pas.

Ce qu'il ne savait pas encore, ce qu'il a appris depuis, c'est qu'il y a fort peu d'autres crimes.

Je ne parle pas des crimes passionnels, qui sont la plupart du temps sans mystère, qui ne sont que l'aboutissement logique d'une crise aiguë entre deux ou plusieurs individus.

Je ne parle pas non plus des coups de couteau échangés un samedi ou un dimanche soir entre deux ivrognes de la Zone.

En dehors de ces accidents, les crimes les plus fréquents sont de deux sortes :

L'assassinat de quelque vieille femme solitaire, par un ou plusieurs mauvais garçons, et le meurtre d'une prostituée dans un terrain vague.

Pour le premier, il est rarissime que le coupable nous échappe. Presque toujours, c'est un jeune, un de ceux dont j'ai parlé tout à l'heure, en rupture d'usine depuis quelques mois, avide de jouer les terreurs.

Il a repéré un débit de tabac, une mercerie, un petit commerce quelconque dans une rue déserte.

Parfois, il a acheté un revolver. D'autres fois, il se contente d'un marteau ou d'une clef anglaise.

Presque toujours, il connaît la victime et, une fois sur dix au moins, celle-ci, à un moment ou à un autre, a été bonne pour lui.

Il n'était pas décidé à tuer. Il a mis un foulard sur son visage pour ne pas être reconnu.

Le mouchoir a glissé, ou bien la vieille femme s'est mise à crier.

Il a tiré. Il a frappé. S'il a tiré, il a vidé tout son barillet, ce qui est un signe de panique. S'il a frappé, il l'a fait dix fois, vingt fois, sauvagement croit-on, en réalité parce qu'il était fou de terreur.

Cela vous étonne que, quand nous l'avons devant nous, effondré en essayant encore de crâner, nous lui disions simplement :

— Idiot !

C'est rare que ceux-là n'y laissent pas leur tête. Le moins qu'ils récoltent est vingt ans, quand ils ont la chance d'intéresser à leur sort un maître du barreau.

Quant aux tueurs de prostituées, c'est un miracle quand nous leur mettons la main dessus. Ce sont les enquêtes les plus longues, les plus décourageantes, les plus écœurantes aussi que je connaisse.

Cela commence par un sac, qu'un marinier repêche du bout de sa gaffe quelque part dans la Seine et qui contient presque toujours un corps mutilé. La tête manque, ou un bras, ou les jambes.

Des semaines passent souvent avant que l'identification soit possible. Généralement, il s'agit d'une fille d'un certain âge, de celles qui n'emmènent même plus leur client à l'hôtel ou dans leur chambre, mais qui se contentent d'un seuil ou de l'abri d'une palissade.

On a cessé de la voir dans le quartier, un quartier qui, dès la tombée de la nuit, s'enveloppe de mystère et d'ombres silencieuses.

Celles qui la connaissent n'ont pas envie d'entrer en contact avec nous. Questionnées, elles restent dans le vague.

On finit, tant bien que mal, à force de patience, par connaître quelques-uns de ses clients habituels, des isolés, eux aussi, des solitaires, des hommes sans âge qui ne laissent guère que le souvenir d'une silhouette.

L'a-t-on tuée pour son argent ? C'est improbable. Elle en avait si peu !

Est-ce un de ces vieux-là qui a soudain été pris de folie, ou bien quelqu'un est-il venu d'ailleurs, d'un autre quartier, un de ces fous qui, à intervalles réguliers, sentent approcher la crise, savent exactement ce qu'ils feront et prennent, avec une lucidité incroyable, des précautions dont les autres criminels sont incapables ?

On ne sait même pas combien ils sont. Chaque capitale a les siens qui, leur coup fait, replongent pour un temps plus ou moins long dans la vie anonyme.

Ce sont peut-être des gens respectés, des pères de famille, des employés modèles.

A quoi ils ressemblent exactement, nul ne le sait, et, quand d'aventure on en a pris un, il a presque toujours été impossible d'établir une conviction satisfaisante.

Nous avons des statistiques à peu près précises de tous les genres de crimes.

Sauf d'un.

L'empoisonnement.

Et toutes les approximations seraient fatalement fausses, en trop ou en trop peu.

Tous les trois mois, ou tous les six mois, à Paris ou en province, surtout en province, dans une très petite ville ou à la campagne, le hasard fait qu'un médecin examine de plus près un mort et soit intrigué par certaines caractéristiques.

Je dis hasard, car il s'agit habituellement d'un de ses clients, de quelqu'un qu'il a longtemps connu malade. Il est mort brusquement, dans son lit, au sein de sa famille qui donne toutes les marques traditionnelles de chagrin.

Les parents n'aiment pas entendre parler d'autopsie. Le médecin ne s'y décide que si ses soupçons sont assez forts.

Ou bien, des semaines après un enterrement, c'est une lettre anonyme qui parvient à la police et fournit des détails à première vue incroyables.

J'insiste pour montrer toutes les conditions qui doivent se réunir pour qu'une enquête de ce genre soit ouverte. Les formalités administratives sont compliquées.

La plupart du temps, il s'agit d'une femme de fermier qui attend depuis des années la mort de son mari pour se mettre en ménage avec le valet et qui a été prise d'impatience.

Elle a aidé la nature, comme certaines le disent crûment.

Parfois, c'est l'homme, mais plus rarement, qui se débarrasse ainsi d'une épouse malade devenue un poids mort dans la maison.

On les découvre par hasard. Mais dans combien d'autres cas le hasard ne joue-t-il pas ? Nous l'ignorons. Nous ne pouvons que risquer des hypothèses. Nous sommes quelques-uns, dans la maison, tout comme dans celle de la rue des Saussaies, à penser que, de tous les crimes, en particulier des crimes impunis, c'est celui qui l'emporte en fréquence.

Les autres, ceux qui intéressent les romanciers et les soi-disant psychologues, sont si peu communs qu'ils ne prennent qu'une partie insignifiante de notre activité.

Or c'est celle-là que le public connaît le mieux. Ce sont ces affaires-là que Simenon a surtout racontées et que, je suppose, il continuera à raconter.

Je veux parler des crimes qui sont soudain commis dans les milieux où l'on s'y attendrait le moins et qui sont comme l'aboutissement d'une longue et sourde fermentation.

Une rue quelconque, propre, cossue, à Paris ou ailleurs. Des gens qui ont une maison confortable, une vie familiale, une profession honorable.

Nous n'avons jamais eu à franchir leur seuil. Souvent, il s'agit de milieu où nous serions difficilement admis, où nous ferions tache, où nous nous sentirions gauches pour le moins.

Or quelqu'un est mort de mort violente, et nous voilà qui sonnons à la porte, qui trouvons devant nous des visages fermés, une famille dont chaque membre paraît avoir son secret.

Ici, l'expérience acquise pendant des années dans la rue, dans les gares, dans les garnis, ne joue plus. Ne joue pas non plus cette espèce de respect instinctif des petits à l'égard de l'autorité, de la police.

Personne ne craint d'être reconduit à la frontière. Personne non plus ne va être emmené dans un bureau du Quai pour y être soumis pendant des heures à un interrogatoire à la chansonnette.

Ce que nous avons devant nous, ce sont les mêmes gens bien-pensants qui nous auraient demandé en d'autres circonstances :

— Il ne vous arrive pas d'être écœuré ?

C'est chez eux que nous le sommes. Pas tout de suite. Pas toujours. Car la tâche est longue et hasardeuse.

Quand un coup de téléphone d'un ministre, d'un député, de quelque personnalité importante n'essaie pas de nous mettre hors du chemin.

Il y a tout un vernis de respectabilité à faire craquer petit à petit, il y a les secrets de famille, plus ou moins répugnants, que tout le monde s'entend à nous cacher et qu'il est indispensable de mettre à jour, sans souci des révoltes et des menaces.

Parfois ils sont cinq, ils sont six et davantage à mentir de concert sur certains points, tout en essayant sournoisement de mettre les autres dans le bain.

Simenon me décrit volontiers lourd et grognon, mal à l'aise dans ma peau, regardant les gens en dessous, avec l'air d'aboyer hargneusement mes questions.

C'est dans ces cas-là qu'il m'a vu ainsi, devant ce qu'on pourrait appeler des crimes d'amateur qu'on finit *toujours* par découvrir être des crimes d'intérêt.

154

Pas de crimes d'argent. Je veux dire pas de crimes commis par besoin immédiat d'argent, comme dans le cas des petites gouapes qui assassinent les vieilles femmes.

Il s'agit, derrière ces façades, d'intérêts plus compliqués, à longue échéance, qui se conjuguent avec des soucis de respectabilité. Souvent cela remonte à des années, cela cache des vies entières de tripotages et de malpropretés.

Quand les gens sont enfin acculés aux aveux, c'est un déballage ignoble, c'est surtout, presque toujours, la terreur panique des conséquences.

— Il est impossible, n'est-ce pas, que notre famille soit traînée dans la boue ? Il faut trouver une solution.

Cela arrive, je le regrette. Certains, qui auraient dû ne quitter mon bureau que pour un cachot de la Santé, ont disparu de la circulation, parce qu'il existe des influences contre lesquelles un inspecteur de police, et même un commissaire, sont impuissants.

— Il ne vous arrive pas d'être écœuré ?

Je ne l'ai jamais été quand, inspecteur du service des garnis, je passais mes journées ou mes nuits à gravir les étages de meublés malpropres et surhabités, dont chaque porte s'ouvrait sur une misère ou sur un drame.

Le mot écœurement ne convient pas non plus à mes réactions devant les quelques milliers de professionnels de toutes sortes qui me sont passés par les mains.

Ils jouaient leur partie et l'avaient perdue. Presque tous tenaient à se montrer beaux joueurs et certains, une fois condamnés, me demandaient d'aller les voir en prison, où nous bavardions comme des amis.

Je pourrais en citer plusieurs qui m'ont supplié d'assister à leur exécution et qui me réservaient leur dernier regard.

— Je serai bien, vous verrez !

Ils faisaient leur possible. Ils ne réussissaient pas toujours. J'emportais dans ma poche leurs dernières lettres, que je me chargeais de faire parvenir avec un petit mot de ma main.

Quand je rentrais, ma femme n'avait qu'à me regarder sans me poser de questions pour savoir comment cela s'était passé.

Quant aux autres, sur lesquels je préfère ne pas insister, elle connaissait aussi le sens de certaines mauvaises humeurs, d'une certaine façon de m'asseoir, le soir en rentrant, et de remplir mon assiette, et elle n'appuyait pas.

Ce qui prouve bien qu'elle n'était pas destinée aux Ponts et Chaussées !

7

D'un matin triomphant comme une trompette de cavalerie et d'un garçon qui n'était plus maigre, mais qui n'était pas encore tout à fait gros

Je peux encore retrouver le goût, la couleur du soleil ce matin-là. C'était en mars. Le printemps était précoce. J'avais déjà l'habitude, chaque fois que je le pouvais, de faire à pied le chemin du boulevard Richard-Lenoir au quai des Orfèvres.

Je n'avais pas de travail dehors, ce jour-là, mais des fiches à classer, aux garnis, dans les bureaux les plus sombres, probablement, de tout le Palais de Justice, au rez-de-chaussée, avec, sur la cour, une petite porte que j'avais laissée ouverte.

Je m'en tenais aussi près que mon travail le permettait. Je me souviens du soleil qui coupait la cour juste en deux et qui coupait aussi une voiture cellulaire en attente. Ses deux chevaux donnaient de temps en temps des coups de sabots sur le pavé, et, derrière eux, il y avait un beau tas de crottin doré, fumant dans l'air encore frisquet.

Je ne sais pourquoi la cour me rappelait certaines récréations au lycée, à la même époque de l'année, quand l'air se met soudain à avoir une odeur et que la peau, lorsqu'on a couru, sent comme le printemps.

J'étais seul dans le bureau. La sonnette du téléphone retentit.

— Voulez-vous dire à Maigret que le patron le demande ?

La voix du vieux garçon de bureau, là-haut, qui a passé près de cinquante ans à son poste.

— C'est moi.

— Alors montez.

Jusqu'au grand escalier, toujours poussiéreux, qui paraissait gai, avec des rayons obliques de soleil comme dans les églises. Le rapport du matin venait de finir. Deux commissaires étaient encore en conversation, leurs dossiers sous le bras, près de la porte du grand patron à laquelle j'allais frapper.

Et, dans le bureau, je retrouvai l'odeur des pipes et des cigarettes de ceux qui venaient de le quitter. Une fenêtre était ouverte derrière Xavier Guichard, qui avait des aigrettes de soleil dans ses cheveux blancs et soyeux.

Il ne me tendit pas la main. Il ne le faisait presque jamais au bureau. Nous étions pourtant devenus amis ou, plus exactement, il voulait bien nous honorer, ma femme et moi, de son amitié. Une première fois, il m'avait invité à aller le voir, seul, dans son appartement du boulevard Saint-Germain. Non pas la partie riche et snob du boulevard. Il habitait, au contraire, juste en face de la place Maubert, un grand immeuble neuf qui se dressait parmi les maisons branlantes et les hôtels miteux.

J'y étais retourné avec ma femme. Tout de suite, ils s'étaient fort bien entendus tous les deux.

Il avait certainement de l'affection pour elle, pour moi, et pourtant il nous a fait souvent du mal sans le vouloir.

Au début, dès qu'il voyait Louise, il regardait sa taille avec insistance et, si nous n'avions pas l'air de comprendre, disait en toussotant :

— N'oubliez pas que je tiens à être le parrain.

C'était un célibataire endurci. En dehors de son frère, qui était chef de la police municipale, il n'avait pas de famille à Paris.

— Allons ! ne me faites pas trop attendre...

Des années avaient passé. Il avait dû se méprendre. Je me souviens qu'en m'annonçant ma première augmentation il avait ajouté :

— Cela va peut-être vous permettre de me donner un filleul.

Il n'a jamais compris pourquoi nous rougissions, pourquoi ma femme baissait les yeux, tandis que j'essayais de lui toucher la main pour la consoler.

Il paraissait très sérieux, ce matin-là, à contre-jour. Il me laissait debout, je me sentais gêné de l'insistance avec laquelle il m'examinait des pieds à la tête, comme un adjudant, à l'armée, le fait d'une recrue.

— Savez-vous, Maigret, que vous êtes en train d'épaissir ?

J'avais trente ans. Petit à petit, j'avais cessé d'être maigre, mes épaules s'étaient élargies, mon torse s'était gonflé, mais je n'avais pas encore pris ma vraie corpulence.

Cela se sentait. Je devais paraître mou, à cette époque-là, avec quelque chose d'un poupon. Cela me frappait moi-même quand je passais devant une vitrine et que je lançais un petit coup d'œil anxieux à ma silhouette.

C'était trop ou trop peu, et aucun costume ne m'allait.

— Je crois que j'engraisse, oui.

J'avais presque envie de m'en excuser et je n'avais pas encore compris qu'il s'amusait comme il aimait le faire.

— Je crois que je ferais mieux de vous changer de service.

Il y avait deux brigades dont je n'avais pas encore fait partie, celle des jeux et la brigade financière, et cette dernière était mon cauchemar, comme l'examen de trigonométrie, au collège, avait longtemps été la terreur de mes fins d'année.

— Quel âge avez-vous ?

— Trente ans.

— Bel âge ! C'est parfait. Le petit Lesueur va prendre votre place aux garnis, dès aujourd'hui, et vous vous mettrez à la disposition du commissaire Guillaume.

Il l'avait fait exprès de dire cela du bout des lèvres, comme une chose sans importance, sachant que le cœur allait me sauter dans la poitrine et que, debout devant lui, j'entendais dans mes oreilles comme des trompettes triomphantes.

Tout à coup, par un matin qu'on semblait avoir choisi tout exprès — et je ne suis pas sûr que Guichard ne l'ait pas fait, — se réalisait le rêve de ma vie.

J'entrais enfin à la Brigade Spéciale.

Un quart d'heure plus tard, je déménageais en haut mon vieux veston de bureau, mon savon, ma serviette, mes crayons et quelques papiers.

Ils étaient cinq ou six dans la grande pièce réservée aux inspecteurs de la brigade des homicides, et, avant de me faire appeler, le commissaire Guillaume me laissait m'installer, comme un nouvel élève.

— Ça s'arrose ?

Je n'allais pas dire non. A midi, j'emmenais

fièrement mes nouveaux collègues à la *Brasserie Dauphine*.

Je les y avais vus souvent, à une autre table que celle que j'occupais avec mes anciens camarades, et nous les regardions avec le respect envieux qu'on accorde, au lycée, aux élèves de première qui sont aussi grands que les professeurs et que ceux-ci traitent presque sur un pied d'égalité.

La comparaison était exacte, car Guillaume était avec nous, et le commissaire aux renseignements généraux vint nous rejoindre.

— Qu'est-ce que vous prenez ? demandai-je.

Dans notre coin, nous avions l'habitude de boire des demis, rarement un apéritif. Il ne pouvait évidemment pas en aller de même à cette table-ci.

Quelqu'un dit :

— Mandarin-curaçao.

— Mandarin pour tout le monde ?

Comme personne ne protestait, je commandais je ne sais plus combien de mandarins. C'était la première fois que j'y goûtais. Dans l'ivresse de la victoire, cela me parut à peine alcoolisé.

— On prendra bien une seconde tournée ?

N'était-ce pas le moment ou jamais de me montrer généreux ? On en prit trois, on en prit quatre. Mon nouveau patron aussi voulut offrir sa tournée.

Il y avait du soleil plein la ville. Les rues en ruisselaient. Les femmes, vêtues de clair, étaient un enchantement. Je me faufilais entre les passants. Je me regardais dans les vitrines sans me trouver si épais que ça.

Je courais. Je volais. J'exultais. Dès le bas de l'escalier, je commençais déjà le discours que j'avais préparé pour ma femme.

Et, dans la dernière volée, je m'étalai de tout mon long. Je n'avais pas eu le temps de me relever que notre porte s'ouvrait, car Louise devait s'inquiéter de mon retard.

— Tu t'es fait mal ?

C'est drôle. A partir du moment exact où je me redressai, je me sentis complètement ivre et en fus stupéfait. L'escalier tournait autour de moi. La silhouette de ma femme manquait de netteté. Je lui voyais au moins deux bouches, trois ou quatre yeux.

On le croira si on veut, c'était la première fois que cela m'arrivait de ma vie et je m'en sentais si humilié que je n'osais pas la regarder ; je me glissai dans l'appartement comme un coupable sans me souvenir des phrases si bien préparées et triomphantes.

— Je crois... Je crois que je suis un peu ivre...

J'avais de la peine à renifler. La table était mise, avec nos deux couverts face à face devant la fenêtre ouverte. Je m'étais promis de l'emmener déjeuner au restaurant, mais je n'osais plus le proposer.

De sorte que c'est d'une voix presque lugubre que je prononçai :

— Ça y est !

— Qu'est-ce qui y est ?

Peut-être s'attendait-elle à ce que je lui annonce que j'avais été mis à la porte de la police !

— Je suis nommé.

— Nommé quoi ?

Il paraît que j'avais de grosses larmes dans les yeux, de dépit, mais sans doute de joie quand même, en laissant tomber :

— A la Brigade Spéciale.

— Assieds-toi. Je vais te préparer une tasse de café bien noir.

Elle a essayé de me faire coucher, mais je n'allais pas abandonner mon nouveau poste le premier jour. J'ai bu je ne sais combien de tasses de café fort. Malgré l'insistance de Louise, je n'ai rien pu avaler de solide. J'ai pris une douche.

A deux heures, quand je me dirigeai vers le quai des Orfèvres, j'avais le teint d'un rose un peu spécial, les yeux brillants. Je me sentais mou, la tête vide.

J'allai prendre place dans mon coin et parlai le moins possible, car je savais que ma voix était hésitante et qu'il m'arriverait d'emmêler les syllabes.

Le lendemain, comme pour me mettre à l'épreuve, on me confiait ma première arrestation. C'était rue du Roi-de-Sicile, dans un garni. L'homme était filé depuis déjà cinq jours. Il avait plusieurs meurtres à son actif. C'était un étranger, un Tchèque, si je me souviens bien, taillé en force, toujours armé, toujours sur le qui-vive.

Le problème était de l'immobiliser avant qu'il ait eu le temps de se défendre, car c'était le genre d'homme à tirer dans la foule, à abattre autant de gens que possible avant de se laisser descendre lui-même.

Il savait qu'il était au bout de son rouleau, que la police était sur ses talons, qu'elle hésitait.

Dehors, il s'arrangeait pour se tenir toujours au milieu de la foule, n'ignorant pas que nous ne pouvions pas prendre de risque.

On m'adjoignit à l'inspecteur Dufour, qui s'occupait de lui depuis plusieurs jours et qui connaissait tous ses faits et gestes.

C'est la première fois aussi que je me suis déguisé. Notre arrivée dans le misérable hôtel, habillés comme nous l'étions d'habitude, aurait provoqué une panique à la faveur de laquelle notre homme se serait peut-être enfui.

Dufour et moi, nous nous sommes vêtus de vieilles hardes et nous sommes restés, pour plus de vraisemblance, quarante-huit heures sans nous raser.

Un jeune inspecteur, spécialisé dans les serrures, s'était introduit dans l'hôtel et nous avait fabriqué une excellente clef de la porte de la chambre.

Nous prîmes une autre chambre, sur le même palier, avant que le Tchèque rentre se coucher. Il était un peu plus de onze heures quand un signal, du dehors, nous annonça que c'était lui qui montait l'escalier.

La tactique que nous suivîmes n'était pas de moi, mais de Dufour, plus ancien dans le métier.

L'homme, non loin de nous, s'enfermait, se couchait tout habillé sur son lit, devait garder au moins un revolver chargé à portée de la main.

Nous n'avons pas dormi. Nous avons attendu l'aube. Si on me demande pourquoi, je répondrai ce que mon collègue, à qui je posai la même question, dans mon impatience d'agir, m'a répondu.

Le premier réflexe du meurtrier, en nous entendant, aurait sans doute été de briser le bec de gaz qui éclairait sa chambre. Nous nous serions trouvés dans l'obscurité et nous lui aurions donné ainsi un avantage sur nous.

— Un homme a toujours moins de résistance au petit jour, m'a affirmé Dufour, ce que j'ai pu vérifier par la suite.

166

Nous nous sommes glissés dans le couloir. Tout le monde dormait autour de nous. C'est Dufour qui, avec des précautions infinies, a tourné la clef dans la serrure.

Comme j'étais le plus grand et le plus lourd, c'était à moi de m'élancer le premier et je le fis, d'un bond, me trouvai couché sur l'homme étendu dans son lit, le saisissant par tout ce que je pouvais saisir.

Je ne sais pas combien de temps la lutte a duré, mais elle m'a paru interminable. J'ai senti que nous roulions par terre. Je voyais, tout près de mon visage, un visage féroce. Je me souviens en particulier de dents très grandes, éblouissantes. Une main, agrippée à mon oreille, s'efforçait de l'arracher.

Je ne me rendais pas compte de ce que faisait mon collègue, mais je vis une expression de douleur, de rage, sur les traits de mon adversaire. Je le sentis relâcher peu à peu son étreinte. Quand je pus me retourner, l'inspecteur Dufour, assis en tailleur sur le plancher, avait un des pieds de l'homme dans ses mains, et on aurait juré qu'il lui avait donné une torsion d'au moins deux tours.

— Menottes ! commanda-t-il.

J'en avais déjà passé à des individus moins dangereux, à des filles récalcitrantes. C'était la première fois que j'effectuais une arrestation en brutalité et que le bruit des menottes mettait fin, pour moi, à un combat qui aurait pu mal tourner.

Quand on parle du flair d'un policier, ou de ses méthodes, de son intuition, j'ai toujours envie de riposter :

— Et le flair de votre cordonnier, de votre pâtissier ?

L'un et l'autre ont passé par des années d'apprentissage. Chacun connaît son métier, tout ce qui touche à son métier.

Il n'en est pas autrement d'un homme du quai des Orfèvres. Et voilà pourquoi tous les récits que j'ai lus, y compris ceux de mon ami Simenon, sont plus ou moins inexacts.

Nous sommes dans notre bureau, à rédiger des rapports. Car ceci aussi, on l'oublie trop souvent, fait partie de la profession. Je dirais même que nous passons beaucoup plus de temps en paperasseries administratives qu'en enquêtes proprement dites.

On vient annoncer un monsieur d'un certain âge qui attend dans l'antichambre et qui paraît très nerveux, qui veut parler tout de suite au directeur. Inutile de dire que le directeur n'a pas le temps de recevoir tous les gens qui se présentent et qui, tous, tiennent à s'adresser à lui personnellement, car à leurs yeux leur petite affaire est la seule importante.

Il y a un mot qui revient si souvent que c'est une ritournelle, que le garçon de bureau récite

168

comme une litanie : « C'est une question de vie ou de mort. »

— Tu le reçois, Maigret ?

Il existe un petit bureau, à côté du bureau des inspecteurs, pour ces entrevues-là.

— Asseyez-vous. Cigarette ?

Le plus souvent, le visiteur n'a pas encore eu le temps de dire sa profession, sa situation sociale, que nous l'avons devinée.

— C'est une affaire très délicate, tout à fait personnelle.

Un caissier de banque, ou un agent d'assurances, un homme à la vie calme et rangée.

— Votre fille ?

Il s'agit ou de son fils, ou de sa fille, ou de sa femme. Et nous pouvons prévoir à peu près mot pour mot le discours qu'il va nous débiter. Non. Ce n'est pas son fils qui a pris de l'argent dans la caisse de ses patrons. Ce n'est pas sa femme, non plus, qui est partie avec un jeune homme.

C'est sa fille, une jeune fille de la meilleure éducation, sur qui il n'y a jamais eu un mot à dire. Elle ne fréquentait personne, vivait à la maison et aidait sa mère à faire le ménage.

Ses amies étaient aussi sérieuses qu'elle. Elle ne sortait pour ainsi dire jamais seule.

Cependant, elle a disparu en emportant une partie de ses affaires.

Que voulez-vous répondre ? Que six cents personnes, chaque mois, disparaissent à Paris

et qu'on n'en retrouve qu'environ les deux
tiers ?

— Votre fille est très jolie ?

Il a apporté plusieurs photographies, persuadé qu'elles seront utiles pour les recherches. Tant pis si elle est jolie, car le nombre de
chances diminue. Si elle est laide, au contraire,
elle reviendra probablement dans quelques
jours ou dans quelques semaines.

— Comptez sur nous. Nous ferons le nécessaire.

— Quand ?

— Tout de suite.

Il va nous téléphoner chaque jour, deux fois
par jour, et il n'y a rien à lui répondre, sinon
que nous n'avons pas le temps de nous occuper de la demoiselle.

Presque toujours, une brève enquête nous
indique qu'un jeune homme habitant l'immeuble, ou le garçon épicier, ou le frère d'une
de ses amies, a disparu le même jour qu'elle.

On ne peut pas passer Paris et la France au
peigne fin pour une jeune fille en fugue, et sa
photographie ira seulement, la semaine suivante, s'ajouter à la collection de photographies imprimées qu'on envoie aux commissariats, aux différents services de la police et aux
frontières.

Onze heures du soir. Un coup de téléphone du centre de Police-Secours, en face, dans les bâtiments de la police municipale, où tous les appels sont centralisés et viennent s'inscrire sur un tableau lumineux qui occupe la largeur d'un mur.

Le poste du Pont-de-Flandre vient d'être prévenu qu'il y a du vilain dans un bar de la rue de Crimée.

C'est tout Paris à traverser. Aujourd'hui, la Police Judiciaire dispose de quelques voitures, mais, avant, il fallait prendre un fiacre, plus tard un taxi, qu'on n'était pas sûr de se faire rembourser.

Le bar, à un coin de rue, est encore ouvert, avec une vitre brisée, des silhouettes qui se tiennent prudemment à une certaine distance, car, dans le quartier, les gens aiment autant passer inaperçus de la police.

Les agents en uniforme sont déjà là, une ambulance, parfois le commissaire du quartier ou son secrétaire.

Par terre, dans la sciure de bois et les crachats, un homme est recroquevillé sur lui-même, une main sur sa poitrine, d'où coule un filet de sang qui a formé une mare.

— Mort !

A côté de lui, sur le sol, une mallette qu'il tenait à la main au moment de sa chute s'est ouverte et laisse échapper des cartes pornographiques.

Le tenancier, inquiet, voudrait se mettre du bon côté.

— Tout était calme, comme toujours. La maison est une maison tranquille.

— Vous l'avez déjà vu ?

— Jamais.

C'était à prévoir. Il le connaît probablement comme ses poches, mais il prétendra jusqu'au bout que c'était la première fois que l'homme pénétrait dans son bar.

— Que s'est-il passé ?

Le mort est terne, entre deux âges, ou plutôt sans âge. Ses vêtements sont vieux, d'une propreté douteuse, le col de sa chemise est noir de crasse.

Inutile de chercher une famille, un appartement. Il devait coucher à la petite semaine dans les meublés de dernier ordre, d'où il partait pour faire son commerce dans les environs des Tuileries et du Palais-Royal.

— Il y avait trois ou quatre consommateurs...

Il est superflu de demander où ils sont. Ils se sont envolés et ne reviendront pas pour témoigner.

— Vous les connaissez ?

— Vaguement. De vue seulement.

Parbleu ! On pourrait faire ses réponses pour lui.

— Un inconnu est entré et s'est installé de l'autre côté du bar, juste en face de celui-là.

172

Le bar est en fer à cheval, avec des petits verres renversés et une forte odeur d'alcool bon marché.

— Ils ne se sont rien dit. Le premier avait l'air d'avoir peur. Il a porté sa main à sa poche pour payer...

C'est exact, car il n'y a pas d'arme sur lui.

— L'autre, sans un mot, a sorti son feu et a tiré trois fois. Il aurait sans doute continué si son revolver ne s'était pas enrayé. Puis il a enfoncé tranquillement son chapeau sur son front et est parti.

C'est signé. Il n'y a pas besoin de flair. Le milieu dans lequel il faut chercher est particulièrement restreint.

Ils ne sont pas tant que ça à s'occuper du trafic des cartes transparentes. Nous les connaissons presque tous. Périodiquement, ils nous passent par les mains, purgent une petite peine de prison et recommencent.

Les souliers du mort — qui a les pieds sales et les chaussettes trouées — portent une marque de Berlin.

C'est un nouveau venu. On a dû lui faire comprendre qu'il n'y avait pas place pour lui dans le secteur. Ou encore il n'était qu'un sous-ordre à qui on confiait de la marchandise et qui a gardé l'argent pour lui.

Cela prendra trois jours, peut-être quatre. Guère plus. Les « garnis » vont être mis tout de suite à contribution et, avant la nuit prochaine, sauront où logeait la victime.

Les « mœurs », nantis de sa photographie, feront une enquête de leur côté.

Cet après-midi, dans les alentours des Tuileries, on arrêtera quelques-uns de ces individus qui offrent tous la même camelote aux passants, avec des airs mystérieux.

On ne sera pas très gentil avec eux. Jadis, on l'était encore moins qu'aujourd'hui.

— Tu as déjà vu ce type-là ?

— Non.

— Tu es sûr de ne l'avoir jamais rencontré ?

Il existe un petit cachot bien noir, bien étroit, une sorte de placard plutôt, à l'entresol, où l'on aide les gens de cette sorte à se souvenir, et il est rare qu'après quelques heures ils ne donnent pas de grands coups dans la porte.

— Je crois que je l'ai aperçu...

— Son nom ?

— Je ne connais que son prénom : Otto.

L'écheveau se dévidera lentement, mais il se dévidera jusqu'au bout, comme un ver solitaire.

— C'est un pédé !

Bon ! Le fait qu'il s'agisse d'un pédéraste restreint encore le champ des investigations.

— Il ne fréquentait pas la rue de Bondy ?

C'est presque fatal. Il y a là certain petit bar que hantent plus ou moins tous les pédérastes d'un certain niveau social le plus bas. Il en

174

existe un autre rue de Lappe, qui est devenu une attraction pour touristes.

— Avec qui l'as-tu rencontré ?

C'est à peu très tout. Le reste, quand on tiendra l'homme entre quatre murs, sera de lui faire avouer et signer ses aveux.

Toutes les affaires ne sont pas aussi simples. Certaines enquêtes prennent des mois. On ne finit par arrêter certains coupables qu'après des années, parfois par hasard.

Dans tous les cas, ou à peu près, le processus est le même.

Il s'agit de *connaître*.

Connaître le milieu où un crime est commis, connaître le genre de vie, les habitudes, les mœurs, les réactions des gens qui y sont mêlés, victimes, coupables et simples témoins.

Entrer dans leur monde sans étonnement, de plain-pied, et en parler naturellement le langage.

C'est aussi vrai s'il s'agit d'un bistro de La Villette ou de la Porte d'Italie, des Arabes de la Zone, des Polonais ou des Italiens, des entraîneuses de Pigalle ou des mauvais garçons des Ternes.

C'est encore vrai s'il s'agit du monde des courses ou de celui des cercles de jeu, des spécialistes des coffres-forts ou des vols de bijoux.

Voilà pourquoi nous ne perdons pas notre temps quand, pendant des années, nous arpentons les trottoirs, montons des étages ou guettons les voleuses de grands magasins.

Comme le cordonnier, comme le pâtissier, ce sont les années d'apprentissage, à la différence qu'elles durent à peu près toute notre vie, parce que le nombre des milieux est pratiquement infini.

Les filles, les voleurs à la tire, les joueurs de bonneteau, les spécialistes du vol à l'américaine ou du lavage des chèques se reconnaissent entre eux.

On pourrait en dire autant des policiers après un certain nombre d'années de métier. Et il ne s'agit pas des chaussures à clous ni des moustaches.

Je crois que c'est dans le regard qu'il faut chercher, dans une certaine réaction — ou plutôt absence de réaction — devant certains êtres, certaines misères, certaines anomalies.

N'en déplaise aux auteurs de romans, le policier est avant tout un professionnel. C'est un *fonctionnaire*.

Il ne joue pas un jeu de devinettes, ne s'excite pas à une chasse plus ou moins passionnante.

Quand il passe une nuit sous la pluie, à surveiller une porte qui ne s'ouvre pas ou une fenêtre éclairée, quand, aux terrasses des boulevards, il cherche patiemment un visage familier, ou s'apprête à interroger pendant des heures un être pâle de terreur, il accomplit sa tâche quotidienne.

Il gagne sa vie, s'efforce de gagner aussi honnêtement que possible l'argent que le gouvernement lui donne à chaque fin de mois en rémunération de ses services.

Je sais que ma femme, quand, tout à l'heure, elle lira ces lignes, hochera la tête, me regardera d'un air de reproche, murmurera peutêtre :

— Tu exagères toujours !

Elle ajoutera sans doute :

— Tu vas donner de toi et de tes collègues une idée fausse.

Elle a raison. Il est possible que j'exagère un peu en sens contraire. C'est par réaction contre les idées toutes faites qui m'ont si souvent agacé.

Combien de fois, après la parution d'un livre de Simenon, mes collègues ne m'ont-ils pas regardé, l'air goguenard, entrer dans mon bureau !

Je lisais dans leurs yeux qu'ils pensaient : « Tiens ! Voilà Dieu le Père ! »

C'est pourquoi je tiens tant à ce mot de fonctionnaire, que d'autres jugent amoindrissant.

Je l'ai été presque toute ma vie. Grâce à l'inspecteur Jacquemain, je le suis devenu au sortir de l'adolescence.

Comme mon père, en son temps, est devenu

régisseur du château. Avec la même fierté. Avec le même souci de tout connaître de mon métier et d'accomplir ma tâche en conscience.

La différence entre les autres fonctionnaires et ceux du quai des Orfèvres, c'est que ces derniers sont en quelque sorte en équilibre entre deux mondes.

Par le vêtement, par leur éducation, par leur appartement et leur façon de vivre, ils ne se distinguent en rien des autres gens de la classe moyenne et partagent son rêve d'une petite maison à la campagne.

La plus grande partie de leur temps ne s'en passe pas moins en contact avec l'envers du monde, avec le déchet, le rebut, souvent l'ennemi de la société organisée.

Cela m'a frappé souvent. C'est une situation étrange qui n'est pas sans, parfois, me causer un malaise.

Je vis dans un appartement bourgeois, où m'attendent de bonnes odeurs de plats mijotés, où tout est simple et net, propre et confortable. Par mes fenêtres, je n'aperçois que des logements pareils aux miens, des mamans qui promènent leurs enfants sur le boulevard, des ménagères qui vont faire leur marché.

J'appartiens à ce milieu, bien sûr, à ce qu'on appelle les honnêtes gens.

Mais je connais les autres aussi, je les connais assez pour qu'un certain contact se soit établi entre eux et moi. Les filles de brasserie devant lesquelles je passe, place de la République, savent que je comprends leur langage et le sens de leurs attitudes. Le voyou qui se faufile dans la foule aussi.

Et tous les autres que j'ai rencontrés, que je rencontre chaque jour dans leur intimité la plus secrète.

Cela suffit-il à créer une sorte de lien ?

Il ne s'agit pas de les excuser, de les approuver ou de les absoudre. Il ne s'agit pas non plus de les parer de je ne sais quelle auréole, comme cela a été la mode à certaine époque.

Il s'agit de les regarder simplement comme un fait, de les regarder avec le regard de la connaissance.

Sans curiosité, parce que la curiosité est vite émoussée.

Sans haine, bien sûr.

De les regarder, en somme, comme des êtres qui existent et que, pour la santé de la société, par souci de l'ordre établi, il s'agit de maintenir, bon gré mal gré, dans certaines limites et de punir quand ils les franchissent.

Ils le savent bien, eux ! Ils ne nous en veulent pas. Ils répètent volontiers :

— Vous faites votre métier.

Quant à ce qu'ils pensent de ce métier-là, je préfère ne pas essayer de le savoir.

Est-il étonnant qu'après vingt-cinq ans, trente ans de service, on ait la démarche un peu lourde, le regard plus lourd encore, parfois vide ?

— Il ne vous arrive pas d'être écœuré ?

Non ! Justement ! Et c'est probablement dans mon métier que j'ai acquis un assez solide optimisme.

Paraphrasant une sentence de mon professeur de catéchisme, je dirais volontiers : un peu de connaissance éloigne de l'homme, beaucoup de connaissance y ramène.

C'est parce que j'ai vu des malpropretés de toutes sortes que j'ai pu me rendre compte qu'elles étaient compensées par beaucoup de simple courage, de bonne volonté ou de résignation.

Les crapules intégrales sont rares, et la plupart de celles que j'ai rencontrées évoluaient malheureusement hors de ma portée, de notre champ d'action.

Quant aux autres, je me suis efforcé d'empêcher qu'elles causent trop de mal et de faire en sorte qu'elles payent pour celui qu'elles avaient commis.

Après quoi, n'est-ce pas ? les comptes sont réglés.

Il n'y a pas à y revenir.

8

*La place des Vosges, une demoiselle
qui va se marier et les petits papiers
de Mme Maigret*

— En somme, a dit Louise, je ne vois pas
tellement de différence.

Je la regarde toujours d'un air un peu
anxieux quand elle lit ce que je viens d'écrire,
m'efforçant de répondre d'avance aux objec-
tions qu'elle va me faire.

— De différence entre quoi ?

— Entre ce que tu racontes de toi et ce que
Simenon en a dit.

— Ah !

— J'ai peut-être tort de te donner mon opinion.

— Mais non ! Mais non !

N'empêche que, si elle a raison, je me suis
donné un mal inutile. Et il est fort possible
qu'elle ait raison, que je n'aie pas su m'y prendre, présenter les choses comme je me l'étais
promis.

Ou alors la fameuse tirade sur les vérités fabriquées qui sont plus vraies que les vérités nues n'est pas seulement un paradoxe.

J'ai fait de mon mieux. Seulement il y a des tas de choses qui me paraissaient essentielles au début, des points que je m'étais promis de développer et que j'ai abandonnés en cours de route.

Par exemple, sur un rayon de la bibliothèque sont rangés les volumes de Simenon que j'ai patiemment truffés de marques au crayon bleu, et je me faisais d'avance un plaisir de rectifier toutes les erreurs qu'il a commises, soit parce qu'il ne savait pas, soit pour augmenter le pittoresque, souvent parce qu'il n'avait pas le courage de me passer un coup de téléphone pour vérifier un détail.

A quoi bon ! Cela me donnerait l'air d'un bonhomme tatillon, et je commence à croire, moi aussi, que cela n'a pas tellement d'importance.

Une de ses manies qui m'a le plus irrité, parfois, est celle de mêler les dates, de placer au début de ma carrière des enquêtes qui ont eu lieu sur le tard, et vice versa, de sorte que parfois mes inspecteurs sont tout jeunes alors qu'ils étaient pères de famille et rassis à l'époque en question, ou le contraire.

J'avais même l'intention, je l'avoue maintenant que j'y ai renoncé, d'établir, grâce aux cahiers de coupures de journaux que ma femme a tenus à jour, une chronologie des principales affaires auxquelles j'ai été mêlé.

— Pourquoi pas ? m'a répondu Simenon. Excellente idée. On pourra corriger mes livres pour la prochaine édition.

Il a ajouté sans ironie :

— Seulement, mon vieux Maigret, il faudra que vous soyez assez gentil pour faire le travail vous-même, car je n'ai jamais eu le courage de me relire.

J'ai dit ce que j'avais à dire, en somme, et tant pis si je l'ai mal dit. Mes collègues comprendront, et tous ceux qui sont plus ou moins du métier, et c'est surtout pour ceux-là que je tenais à mettre les choses au point, à parler, non pas tant de moi que de notre profession.

Il faut croire qu'une question importante m'a échappé. J'entends ma femme qui ouvre avec précaution la porte de la salle à manger où je travaille, s'avance sur la pointe des pieds.

Elle vient de poser un petit bout de papier sur la table avant de se retirer comme elle était entrée. Je lis, au crayon :

« Place des Vosges. »

Et je ne peux m'empêcher de sourire avec une intime satisfaction, car cela prouve qu'elle aussi a des détails à rectifier, tout au moins un, et, en définitive, pour la même raison que moi, par fidélité.

Elle, c'est par fidélité à notre appartement du boulevard Richard-Lenoir, que nous n'avons jamais abandonné, que nous gardons encore maintenant, bien qu'il ne nous serve que quelques jours par an depuis que nous vivons à la campagne.

Dans plusieurs de ses livres, Simenon nous faisait vivre place des Vosges sans fournir la moindre explication.

J'exécute donc la commission de ma femme. Il est exact que, pendant un certain nombre de mois, nous avons habité la place des Vosges. Mais nous n'y étions pas dans nos meubles.

Cette année-là, notre propriétaire s'était enfin décidé à entreprendre le ravalement dont l'immeuble avait besoin depuis long-temps. Des ouvriers ont dressé devant la façade des échafaudages qui encadraient nos fenêtres. D'autres, à l'intérieur, se mettaient à percer des murs et les planchers pour installer le chauffage central. On nous avait promis que cela durerait trois semaines au plus. Après deux semaines, on n'était nulle part, et juste à ce moment-là une grève s'est déclarée dans le bâtiment, grève dont il était impossible de prévoir la durée.

Simenon partait pour l'Afrique, où il devait passer près d'un an.

— Pourquoi, en attendant la fin des travaux, ne vous installeriez-vous pas dans mon appartement de la place des Vosges ?

C'est ainsi que nous y avons vécu, au 21,

pour être précis, sans que l'on puisse nous taxer d'infidélité à notre bon vieux boulevard.

Il y a eu une époque, aussi, où, sans m'en avertir, il m'a mis à la retraite, alors que je n'y étais pas encore et qu'il me restait à accomplir plusieurs années de service.

Nous venions d'acheter notre maison de Meung-sur-Loire et nous passions tous les dimanches que j'avais de libres à l'aménager. Il est venu nous y voir. Le cadre l'a tellement enchanté que, dans le livre suivant, il antici-pait sur les événements, me vieillissait sans vergogne et m'y installait définitivement.

— Cela change un peu l'atmosphère, m'a-t-il dit, quand je lui en ai parlé. *Je commençais à en avoir assez du quai des Orfèvres.*

Qu'on me permette de souligner cette phrase, que je trouve énorme. C'est *lui*, com-prenez-vous, lui qui commençait à en avoir assez du *Quai*, de *mon* bureau, du travail quotidien à la Police Judiciaire !

Ce qui ne l'a pas empêché par la suite et qui ne l'empêchera probablement pas dans l'ave-nir de raconter des enquêtes plus anciennes, toujours sans fournir de dates, me donnant tantôt soixante ans et tantôt quarante-cinq.

Ma femme, à nouveau. Ici, je n'ai pas de bureau. Je n'en ai pas besoin. Quand il m'arrive de travailler, je m'installe à la table de la salle à manger, et Louise en est quitte pour rester dans la cuisine, ce qui ne lui déplaît pas.

Je la regarde, croyant qu'elle veut me dire quelque chose. Mais c'est un autre petit papier qu'elle tient à la main, qu'elle vient timidement déposer devant moi.

Une liste, cette fois-ci, comme quand je vais à la ville et qu'elle m'écrit sur une page déchirée de carnet ce que j'ai à lui rapporter.

Mon neveu vient en tête, et je comprends pourquoi. C'est le fils de sa sœur. Je l'ai fait entrer dans la police, jadis, à un âge où il croyait avoir le feu sacré.

Simenon a parlé de lui, puis le gamin a soudain disparu de ses livres, et je devine les scrupules de Louise. Elle se dit que, pour certains lecteurs, cela a dû paraître équivoque, comme si son neveu avait fait des bêtises.

La vérité est toute simple. Il ne s'est pas montré aussi brillant qu'il l'avait espéré. Et il n'a pas résisté longtemps aux insistances de son beau-père, fabriquant de savon à Marseille, qui lui offrait une place dans son usine.

Le nom de Torrence vient ensuite sur la liste, le gros Torrence, le bruyant Torrence (je crois que, quelque part, Simenon l'a donné pour mort à la place d'un autre inspecteur, effectivement tué à mes côtés, celui-là, dans un hôtel des Champs-Elysées).

Torrence n'avait pas de beau-père dans le savon. Mais il avait un terrible appétit de vie en même temps qu'un sens des affaires assez peu compatible avec l'existence d'un fonctionnaire.

Il nous a quittés pour fonder une agence de police privée, une agence fort sérieuse, je le dis tout de suite, car ce n'est pas toujours le cas. Et pendant longtemps il a continué à venir au Quai nous demander un coup de main, un renseignement, ou simplement respirer un peu l'air de la maison.

Il possède une grosse auto américaine qui s'arrête de temps en temps devant notre porte et, chaque fois, il est accompagné d'une jolie femme, toujours différente, qu'il nous présente avec la même sincérité comme sa fiancée.

Je lis le troisième nom, le petit Janvier, comme nous l'avons toujours appelé. Il est encore au Quai. Sans doute continue-t-on à l'appeler le petit ?

Dans sa dernière lettre, il m'annonce, non sans une certaine mélancolie, que sa fille va épouser un polytechnicien.

Enfin Lucas qui, lui, à l'heure qu'il est, est probablement assis comme d'habitude dans mon bureau, à ma place, à fumer une de mes pipes qu'il m'a demandé, les larmes aux yeux, de lui laisser comme souvenir.

Un dernier mot termine la liste. J'ai d'abord cru que c'était un nom, mais je ne parviens pas à le lire.

Je viens d'aller jusqu'à la cuisine où j'ai été tout surpris de trouver un soleil épais, car j'ai fermé les volets pour travailler dans une pénombre que je crois favorable.

— Fini ?

— Non. Il y a un mot que je ne peux pas lire.

Elle a été toute gênée.

— Cela n'a aucune importance.

— Qu'est-ce que c'est ?

— Rien. N'y fais pas attention.

Bien entendu, j'ai insisté.

— La prunelle ! m'a-t-elle avoué enfin en détournant la tête.

Elle savait que j'allais éclater de rire, et je n'y ai pas manqué.

Quand il s'agissait de mon fameux chapeau melon, de mon pardessus à col de velours, de mon poêle à charbon et de mon tisonnier, je sentais bien qu'elle considérait comme enfantine mon insistance à rectifier.

Elle n'en a pas moins griffonné, en le faisant exprès d'être illisible, j'en suis sûr, par une sorte de honte, le mot « prunelle » au bas de la liste, et c'est un peu comme quand, sur la liste des courses à faire en ville, elle ajoute un article bien féminin, qu'elle ne me demande d'acheter qu'avec quelque gêne.

Simenon a parlé de certaine bouteille qu'il y avait toujours dans notre buffet du boulevard Richard-Lenoir — qu'il y a maintenant encore ici — et dont ma belle-sœur, suivant une tradition devenue sacrée, nous apporte une provision d'Alsace lors de son voyage annuel.

Il a écrit étourdiment que c'était de la prunelle.

Or c'est de l'eau-de-vie de framboise. Et,
pour un Alsacien, cela fait, paraît-il, une terrible différence.

— J'ai rectifié, Louise. Ta sœur sera
contente.

J'ai laissé, cette fois, la porte de la cuisine
ouverte.

— Rien d'autre ?

— Dis aux Simenon que je suis en train de
tricoter des chaussons pour...

— Mais il ne s'agit pas d'une lettre, voyons !

— C'est vrai. Note-le pour quand tu leur
écriras. Qu'ils n'oublient pas la photo qu'ils
ont promise.

Elle ajouta :

— Je peux mettre la table ?

C'est tout.

Meung-sur-Loire, le 27 septembre 1950.

Composition réalisée par JOUVE

IMPRIMÉ EN FRANCE PAR BRODARD ET TAUPIN
Usine de La Flèche (Sarthe)
LIBRAIRIE GÉNÉRALE FRANÇAISE - 43, quai de Grenelle - 75015 Paris.
ISBN : 2-253 - 14212 - 3